늙기는 쉽지만, 아름답게 늙기는 어렵다

앙드레 지드

할머니
독립만세

지은이 | 김명자
초판 펴낸날 | 2018년 11월 06일

펴낸곳 | 소동
펴낸이 | 김남기
디자인 | 소나무와 민들레
표지 일러스트 | 박진숙

등록 | 2002년 1월 14일(제 19-0170)
주소 | 경기도 파주시 돌곶이길 178-23
전화 | 031 955 6202 팩스 | 031 955 6206
페이스북 | https://www.facebook.com/sodongbook
블로그 | http://blog.naver.com/sodongbook
전자우편 | sodongbook@naver.com

ISBN 978 89 94750 31 6 (03810)
값 15,000원

이 책에는 저자의 그림이 포함되어 있습니다.

"이 도서는 한국출판문화산업진흥원 2018년
우수출판콘텐츠 제작 지원 사업 선정작입니다."

이 도서의 국립중앙도서관 출판예정도서목록(CIP)은 서지정보유통지원시스템 홈페이지(http://seoji.
nl.go.kr)와 국가자료공동목록시스템(http://www.nl.go.kr/kolisnet)에서 이용하실 수 있습니다.(CIP제어
번호: CIP2018033444)

할머니
독립만세

김명자

소동

용기를 내봤습니다

처음엔 랄랄랄랄 소리로 들리더니 어느 순간 웅웅웅 왕왕왕 무슨 소리인지 분간할 수 없는 굉음이 온몸을 감쌌다. 어둡고 질펀한 곳에서 앞으로도 뒤로도 한 발짝 내딛지도 못하고 움직일 수도 없어 눈을 질끈 감았다. 윙윙거리는 소리 때문에 침착할 수가 없었다. 나는 머리를 흔들면서 나의 잘못을 반성했다.

그때 따뜻한 두 손이 내 머리를 감쌌다. 나도 모르게 눈물을 흘리다 어느 순간 흐느끼기 시작했다. 서러운 것도 무서운 것도 아닌데 내 안에 있는 모든 찌꺼기들을 모조리 몰아내듯 그렇게 울었다. 내 팔은 허공을 허우적거리며 무언가 붙잡으려는 듯 안간힘 쓰나, 나는 그 자리에서 꼼짝도 못하고 떨고 있었다. 여기저기 통곡소리, 흐느끼는 소리. 소리 소리들이 점점 고조되어 몇 번 더 머리 위로 손이 올라왔다.

어깨를 웅크리고 떨고 있는 나에게 강한 손끝이 어깨를 펴 만져주고 가슴을 쓸어주었다. 나에게 상처받은 사람이나 사랑받지 못한 이에게 통회의 순간이었다. 눈을 질끈 감았다.

여보 미안해.

미안해요.

당신을 매도한 것 같아.

이 글들을 쓰면서 많이 망설였어.

가슴 한쪽이 쓰려서 미안함을 계속 빌었다. 그러자 마음은 안정을 찾고 대낮처럼 환한 빛은 아닐지라도 한 줄기 빛이 내 머리 위를 비추었다. 마음속으로 그 빛을 따라 올라갔다.

해묵은 사연을 왜 내가 들추고 있을까?

38년 전 이야기를, 내 과거를, 모두에게 내보이고 있다.

그러나 그 과거가 남부끄럽지 않다. 모든 이는 자기만의 삶 속에서 그것이 정답이라 느끼고 산다. 평탄한 삶을 산 사람도 사랑을 듬뿍 받은 사람도 있으나, 나처럼 우여곡절 많은 젊은 날을 산 사람도 있다. 이제 옛말 하면서 내 명으로 산 38년, 덤으로 산 38년, 딱 중간지점에서 내가 살아온 이야기를 책으로 내놓게 되었다.

지옥 같은 시련과 병마와의 싸움에서 돈 한 푼 없이 내 목숨을 건져낸 기억들을 차마 잊을 수가 없어서, 미운 오리새끼의 넋두리가 어느 날 백조의 날개가 되어 훨훨 날 수 있기를 바라며 써내려갔는지도 모르겠다.

누구나 살아온 이야기를 글로 쓰고 싶어 한다. 그러나 엄두를 못 내는 분도 많을 것이다. 글쓰기가 힘들고 그보다는 과거를 들추기 싫어서일 것이다. 험악한 산길을 오르내리는 것처럼 숱한 사연을 가진 사람은 더 그럴 것이다. 나도 그랬다. 그러나 살아보니 깊은 상처는 언젠가는 아물고, 비우다보면 마음도 새로운 것으로 채워졌다. 또 그렇게 힘들게 버텨온 삶이 있어서 지금의 내가 있으니, 나의 과거가 부끄러운 일은 아니라고 용기를 냈다.

이 글들은 내 마음속 오래된 상처의 고백이기도 하다. 민낯에 치장도 않고 엉성한 채 여러 사람 앞에 나를 내보이는 것 같아 부끄럽지만 사는 게 깊고도 얕고 높고도 낮은데, 기복 있는 삶이 어디 나쁘이겠는가. 들춰보면 네 삶이나 내 삶이나 다 사연이 있을 것 같다.

일단 쓰기 시작하니 서툴고 거친 글이지만, 오래 잠복해있던 이야기들이
더 이상 참지를 못하고 치밀어 올랐다.

날마다 도서관을 출입했다. 여름이면 시원하고 겨울이면 따뜻한 도서관으
로. 혼자 집 지키기 싫을 때 도서관에서 사람들 속에 책 속에 묻혀있는 것이
좋다.

　　도서관. 나는 직장처럼 드나든다.

　　얼마 전 도서관 동아리 모임이 끝나고 회원 몇이서 주차장이 있는 지
하1층으로 내려갔다.

　　"이곳에 독립해온 지 벌써 4년이 다 돼가네."

　　도서관 주차장 관리하시는 분이 내 말에 토를 달았다.

　　"무슨 일을 해 독립하셨나요?"

　　"아들집에서 살다 나왔어요."

"그건 독립이 아니고 분가죠."

　물론 그렇지. 누구나 들으면 분가라 하지 독립이라곤 하지 않을 것이다.

　그러나 나는 한사코 '독립'이라고 우긴다. 절체절명까지는 아닐지라도 꼭 한 번 혼자 살아보고 싶었던 일이었기에, 아들 내외의 만류에도 감행했으니 독립했다고 한다.

　왜 그때 그런 생각이 들어 급히 이 도시로 스며들었는지 모르지만, 이 도시는 나에게 많은 것을 안겨주었다. 이 도시에 오면서 무엇에 홀린 사람처럼 분주해졌고 행복해하고 있다. 독립한 뒤로 내게는 할일이 생겼고 새로운 친구들이 생겼다.

　글 쓰는 것. 소싯적 염원했지만, 삶에 지쳐 다 잊었는데 도서관에 자주 들락거리다보니 꿈이 되살아났다. 도서관에는 여러 가지 프로그램이 있다. 그중에 하나가 자서전 쓰기 워크숍이었다. 그걸 계기로 40년이 다 된 병상일기가 생각나 깊숙이 묻어두었던 걸 꺼내 보았다. 그때의 절박함이 다시 나를 움츠러들게 했지만, 그 글을 한 자 한 자 옮겨 쓰기 시작했다.

컴퓨터가 있는 것도 아니다. 작업실이 따로 있어 넓은 책상이 있는 것
도 아니다. 2인용 식탁에서 이면지에 쓰고 버리고 쓰고 버리고…… 내 식탁
옆엔 A4 용지가 수북이 쌓여갔다.

이렇게 쓰기를 계속하다 보니 한 권의 책이 되어갔다. 나 같은 미약한
사람도 쓰는데, 누구든 사연이 있다면 한 번쯤 용기를 내봤으면 좋겠다.

나의 서재이자 안식처가 되어준 교하도서관과, 글 속의 주인공들과 나를
아는 모든 이들에게 감사드린다. 그리고 거칠고 엉성한 졸고를 한 권의 책
으로 만들어주신 소동출판사에 감사드린다.

목차

목차

1부

나의 두 번째 삶

혼인

'혼인'과 '결혼'에 관해서 포털에서 백과사전을 검색해봤다. '혼인'
은 두 남녀의 만남, 두 집안의 결합, 또는 남자가 어두워질 때 여자 집
을 찾아가 장가들고 여자가 그 남자로 인하여 결혼하게 된다는 어원이
있었다. '결혼'이란 남녀가 정식으로 부부관계를 맺음. 법적 사회적 승
인 아래 남편과 아내로 맺은 결합.

어느 날 당고모가 집에 놀러 오라는 전갈을 받고 냉큼 달려갔다가
늙은 총각을 소개받았다. 그 사람과 내가 인연이 될 거라곤 생각도 못
했지만, 나도 모르게 마음속에 그 남자가 들어와있었다. 그리고 어느
틈새에 그에게 빠져들고 있었다. 아버지의 만류도 뿌리치고 결국 나
는, 결혼이란 허울 좋은 올가미에 빠지고 말았다. 농촌의 지겨운 일손
에서 벗어나고 싶기도 했고, 새엄마의 말 없는 구박에 질려서 이 집을
벗어나는 것만이 내 행복을 찾을 수 있는 길이라고 생각했던 것도 같
다. 나의 짧은 생각은 큰 과오를 범하고 말았다.

우리는 여러 가지 얼크러진 사연 다 접어두고 어느 해 십일월, 그
야말로 인생에 단 한 번밖에 없는 결혼식을 치렀다. 여러 사람의 축복
을 받으면서 그 축복된 자리가 내 삶에서 영원히 지속될 거라고 믿으

며 좋아했다.

　그러나 순간은 흘러갔고, 현실은 나를 행복하게 가만두지 않았다. 20여 년 살아온 내 집을 멀리하고 시댁이라고 찾아들어간 그때부터 나를 조이고 주리를 트는 괴로운 일들이 기다리고 있었다. 하룻밤 사이에 너무도 달라진 환경. 어린 조카들까지도 서열이 내 위였으니, 어느 것이 정석이고 어느 것이 근본인지 모를 일이었다.

　그냥 온몸이 쪼그라들고 눈길 한번 제대로 마주치지 못하고 네네 읊조리고 있었다.

　내가 원하던 결혼이 과연 이런 것이었던가? 호랑이굴을 탈피했더니 이번엔 사자굴로 들어온 기분이었다. 이 남자를 내가 왜 좋아했던가. 이 남자를 내가 왜 따라왔던가. 가슴을 치고 후회했지만 게임은 이미 판정 나버렸다. 신혼의 재미도 달콤하지 않았고 남자의 자태도 이미 볼품없어졌다.

　모든 것이 물거품으로 사라진 결혼생활. 그런데 왜 너나없이 결혼을 하려고 하고 또 부모들은 자녀의 결혼을 그리 시키려고 서두르는지. 지나고 보니 다 바람이었고 뜬구름인 것을.

우리는 이혼도 해봤다.

남 하는 것은 무엇이든 해봐야 직성이 풀리는 부부였을까. 우리는 가정법원에서 이혼 서류에 도장을 찍고 각자 동사무소에 제출하라는 서류 한 장씩을 받았는데, 남편도 나도 제출하지 않아 결국 우리는 정상적인 부부로 끝까지 함께했다.

결혼. 해도 후회 안 해도 후회한다면 깨끗하게 안 하고 후회하는 게, 구질구질한 생에 너저분한 꼴 안 보고 우아하고 산뜻하게 인생길을 가는 게, 더 행복할 거란 생각을 해본다. 자손을 남기는 게 인간의 기본이라고는 하지만, 그 자식을 키우고 가르친다고 내 인생이 되는 것도 아니고 뼈빠지게 고생해본들 무슨 소용이 있겠는가.

결혼, 까마득히 먼 과거였지만 다시는 그곳으로 가고 싶지 않다.

친정 가는 길·1

1979년 1월 28일

몇 날을 여기저기 마음 못 잡고 헤매다 호남선 기차에 올랐다. 마지막 친정으로 가는 길을 택한 것이다. 열차의 바퀴가 스르르 플랫폼을 빠져나가자 나는 바퀴 속에 숨고 싶은 충동을 강하게 느꼈다. 왜 나는 그곳으로 가야 하나?

무슨 급한 볼일이 있다고 야간열차를 타고 아픈 몸을 이끌고 서른일곱 젊은 나이에 이렇게 하염없이 발길을 옮겨야 하나. 그러나 나의 의지와는 상관없이 열차는 나를 싣고 여섯 시간을 달려 0시 20분 보성역에 도착했다. 지금의 무궁화호처럼 모든 역마다 다 정차하는 기차였다. 음력 섣달의 매서운 바람이 가슴속 깊이 파고들었다. 몸이 부르르 떨렸다.

칠흑같이 어두운 밤. 발길이 떨어지지 않아 기차에서 내린 사람들이 빠져나간 텅 빈 대합실에 아무 생각 없이 아니, 서럽고 외로운 마음 쓸어내리며 앉아있었다.

그래도 한기가 얼음이 되기 전에 움직여야 했다. 무작정 걸었다. 가로등도 없는 시골 신작로를 따라 마냥 걸었다. 이 밤중에 그곳을 찾아가는 것은 알량한 자존심 때문인지도 모른다. 초췌한 내 몰골을 동네 사람들 눈에 띄게 하고 싶지 않았다. 그렇잖다면 한밤중에 엄동설한 5리 길을 꿈엔들 걸어갈 수 있었을까.

바람이 가슴속을 파고들었다. 나는 옷깃을 계속 여미며 몸을 깊숙이 옷 속에 묻었다. 혹여 내 앞에 귀신이라도 아니면 산등성이에서 눈을 부릅뜬 산짐승이라도 나타날까 봐 마음을 조이며 걸었으나 그 밤은 아무 일도 일어나지 않았다.

사실 난 어려서부터 죽음에 관해 많이 생각해봤었다. 새엄마에게 듣는 꾸중에도 마음의 상처를 받아, 죽기를 결심하고 방죽에 가보기도 했고 남편의 투정에 자살을 시도한 적도 있었다. 그래서인지 죽음에 대한 공포는 없는 편이었다. 사는 게 편하고 행복했다면 생에 애착을 느꼈겠지만 구부구비 험준한 인생행로였으니 꼭 살아야겠다는 생각은 추호도 없었다. 그런데 그 밤 한 시간 가량을 걷는 동안 죽음이 내 뇌리에 떠오르지 않았다. 아마도 죽음이 막다른 곳에 이르면 차마 죽고 싶지는 않은 모양이다.

난 오랫동안 배가 자주 아팠다. 배가 아플 때마다 뜨거운 방에 엎드려 한숨 자고 나면 통증은 씻은 듯 사라지곤 했다. 그러면서 몸은 자

나
의

두

번
째

삶

꾸만 말라갔다. 그러기를 몇 년, 어느 순간부터 화장실이 급해 달려가면 혈변이 시원하게 쏟아지곤 했다. 그때만 해도 의학상식이 부족해 괜찮아지겠지 생각하면서 넘겼다. 다행히 혈변은 끝이 났다. 그런데 그 뒤로부터는 항문이 묵직하니 대변이 남아있는 것 같은 찜찜함이 느껴졌다. 또 대변도 시원하게 보지 못하고 가늘게 나오기 시작했다.

그렇다고 해도 남편이 별말이 없으니 나도 대수롭지 않게 생각하고 병원에 갈 생각은 꿈에도 하지 않았다. 약사인 남편이 옆에 있으니 알아서 잘하겠지 싶어 별 걱정하지 않고 태평하게 시간을 흘러보냈다.

그랬는데 어느 날 항문이 아파오기 시작했다. 고통은 날이 갈수록 점점 심해졌다. 난 단 한마디 불평도 하지 않고 병원에 가잔 소리도 못하고 다만 진통제로 달랬다. 그러나 시간이 가면서 통증은 나를 마비시켰고 나를 궁지로 치닫게 했다. 통증이 찾아오는 시간은 정확했다. 진통제의 약효가 떨어지는 시간. 여섯 시간 한 치의 여유도 없이 약 먹을 시간이 정해져 있었다. 미련하고 둔해도 그렇지 왜 중병이 왔을 거라는 생각을 못했을까.

친정 가는 길·2

1979년 2월 7일

매서운 바람이 아직도 살갗을 휘젓는 겨울 날씨였다. 광주에 사는 이모가 소개해준 치질을 잘 고친다는 병원을 새엄마와 같이 올라갔다.

의사의 진료가 시작되었다. 문진을 끝으로 항문에 손을 넣고 검진을 하더니 "대학병원으로 가보셔야 할 것 같습니다"라고 했다. 그게 무슨 뜻인지 모르지만 재차 캐묻진 않았다. 아마도 그 의사가 치료하기에는 멀어진 상태가 된 것만은 확실했다.

나는 새엄마를 쳐다보고 또 새엄마는 나를 쳐다보면서 서로의 눈빛으로 심각함을 알아차렸다. 삶과 죽음, 그리 멀리 떨어진 것이 아니며 모든 생물은 결국 죽음으로 한 발짝씩 가고 있는 것이 아닌가. 순리대로 죽음을 맞이할 수 있다면 그렇게 하고 싶었지만, 한편으론 내 오장육부에 어디에 고장이 나서 이토록 고통을 주는지 그 범인을 찾고 싶은 실오라기 같은 마음이 꿈틀거렸다. 아니 너무 젊은 나이여서인지, 큰 병은 없을 거라고 애써 안도했는지도 모른다.

노인네 죽었으면 좋겠다는 말 거짓말이라더니 막상 죽음이 올지도 모른다고 생각하니 살고 싶은 간절함이 생겨나는 것을 부정 못하겠다. 내가 살아야 할 이유도 없고 살고 싶지 않다고 수없이 되뇌었으나, 그때 그 순간만큼은 죽고 싶다는 생각이 아예 머릿속에서 사라져 버렸다.

우린 다음날 일찍 대학병원으로 가기로 했다.

1979년 2월 8일

아침 일찍 대학병원으로 갔다. 서둘렀더니 진료시간 전이었다. 얼마쯤 기다리니 진찰실로 안내되었다. 전날과 비슷하게 진찰을 하더니 조직검사를 하기 위해서 아픈 부위를 조금 떼어낸다고 했다. 이리도 가슴이 서늘할 수가. 무거운 돌덩이가 가슴을 압박하는 무서움을 느꼈다.

"조직검사를 해봐야 확실한 것을 알 수 있지만 지금 당장 입원을 하셔야 합니다."

나도 모르게 순간적으로 말이 튀어나왔다.

"입원 안 하면 안 되나요?"

"그냥 돌아가시면 3일을 못 넘깁니다. 우선 입원 수속부터 하고 오세요."

단호한 의사 말에 우리는 중치가 막혀 하라는 대로 따라할 수밖에 없었다.

무슨 돈으로 입원을. 이런 일을 어떻게 감당해야 할지 막막하기만 했다. 아무런 대책이 없었다. 그러니 도망갈 수도 있고 그냥 병원을 나와버릴 수도 있었겠지만, 의사의 단호한 명령조 말투에 둘은 어쩔 수 없이 받아들이고 말았다.

우리는 수납에 가서 입원 수속을 했다.

지금 생각해 보면 남편은 내 병을 알고 있었을 것이다. 혈변을 본다는 것이 무엇을 의미하는지 약사인 그가 모를 리 없지 않겠는가.

남편은 술을 먹고 들어와 미친 듯이 나를 괴롭혔다. 우리에게 싸워야 할 거리도 없는데 생트집을 잡기 일쑤였다. 친정이 잘살면 무엇 하며 양반이면 무엇 하느냐는 둥 걸핏하면 물건을 집어던지고 집안을 난장판으로 만들었고, 그 뒷날은 내가 언제 그랬냐는 듯 태평해졌다. 과연 남편은 무슨 의도였을까. 어디가 아픈 줄도 모르고 있는 아이들 엄마가 불쌍하지 않았을까? 그래도 나 하나 참으면 아이들은 엄마 없이 살지 않겠다 싶어서 많이도 참으며 그 고통과 쓰린 상처를 달랬다. 애들만 바라봤다. 나의 삶이란 없었다. 순간의 짜릿한 감정에 아이까지 낳았으나 그 아이들을 거두기가 너무 숨 막히고 힘겨웠다. 사는 것이 너무 버거웠다. 그때만 생각하면 지긋지긋하고, 눈은 말라있어도 온몸에서 뜨거운 눈물이 전신을 타고 흘러내린다.

이혼도 요구했다. 그러나 돌아서면 물거품이었다. 지옥 같은 나의 삼십대. 온갖 횡포 속에서 하루하루 소리 없는 절규와 원망과 두려움이 점점 내 삶을 갉아 먹고 있었다. 특별히 서로에게 상처 줄 말을 한 일도 없었는데, 남편은 무엇인지 모르지만 불만으로 가득 찬 고뇌를 가족에게 풀고 있었다. 그것도 폭력으로 억누르고 옭아매는 아주 무서운 것으로 자신을 괴롭히고 나를 괴롭혔다. 나는 그렇다 치지만 그것을 보고 있는 아이들은 얼마큼 불안했을까. 그리고 부모를 불신했겠는가.

우리는 끔찍한 지경의 삶을 연명하고 있었다. 내 몸은 견디기 힘든 만신창이가 되어갔고, 더 이상 지탱해 나갈 기력이 없어지면서 나도 모르게 폭발했다.

아무 생각 없이 빈 몸으로 집을 나왔다. 이런 환경이 아이들에게 더 나쁠 것 같다는 미련함도 한몫했다. 혼자 방황하다 결국 서울과 멀리 떨어진 보성의 친정행을 결심하고 열차를 탄 것이었다.

그러나 말이 친정이지 머리 들이밀고 들어가고 싶지 않은 곳이었
다. 하지만 거기 아니면 딱히 갈 만한 곳이 없었다. 친정은 새엄마와 신
혼인 남동생 내외가 살고 있었다. 내 형제자매 세 명과 이복동생 네 명
모두 자기들의 둥지를 찾아 떠나고, 큰 동생이 그 많은 농사일을 하면
서 새엄마를 모시고 있었다.

이런 형편에 입원이라니 합당치 않았지만 의사의 단호함에 일단
몸에 지닌 패물을 모두 팔았다. 아플 땐 그냥 견디고 참으면 살아진다
고 하지만 그러기엔 통증의 크기가 너무 컸다. 주민등록증도 직계가족
도 보증인도 없이 내 스스로 사인했다. 입원 절차는 일사천리로 진행
되었다. 이런 큰 병원에 와 보는 것도 처음이었다. 입원이란 이런 거구
나 싶었다.

도대체 내 안에 무엇이 있기에 이토록 불안하게 만드는 것일까. 어
디가 어떻게 아픈지 물어볼 틈도 없이 의사들이 서둘러대는 데 압도되
어 파도에 밀리듯 그냥 엉겁결에 입원수속이 끝났다. 지금 같으면 온
라인으로 필요한 정보를 쉽게 찾겠지만, 1970년대엔 컴퓨터도 없던 때

였으니 갑갑하기 짝이 없었다.

한편으론, 환자복을 입고 삐걱이는 침대에 누워 누군가에 의해 간호를 받는 내 몸에 황송한 마음이 들었다. 내가 이러고 있어도 되는 건가. 이렇게까지 하지 않아도 되는데 입원하는 것은 아닐까. 머리가 복잡하여 터질 것 같은 순간순간들이었다.

끔찍이 무서운 암 선고

의사가 병실로 찾아와 새엄마를 데리고 밖으로 나갔다. 얼마 뒤 밖으로 나간 두 사람이 다시 들어오더니 의사가 나에게 말했다.

"직장암입니다."

말기란 말은 뺐지만 말기였다. 직장암. 말만 들어도 무섭고 끔찍했다. 다른 한편으론 그게 뭐 어떤 것이며 어떻다는 것인가 따져 묻고 싶었다. 환자인 나에게 직접 말하기 난처했던지 어머니를 밖으로 불러냈던 것인데, 주민등록상 보호자가 아니니 직접 듣고 판단하게 함이었을 것이다.

난 믿기지 않아 의사만 빤히 쳐다볼 뿐 말이 떨어지지 않았다. 그러다 의사 얼굴을 보니 머리가 하얘지고 몽롱해졌다. 머리를 흔들며 정신을 가다듬고 물었다.

"네, 무슨 말씀이세요?"

반문하는 나에게 의사는 다시 한 번 또박또박 설명해 주었다.

그때나 지금이나 암이라 하면 무서운 병이다. 신이 나에게 주는 시련이라면 너무 가혹하다는 생각이 들고, 난관을 어떻게 수습할지 엄두도 나지 않았다. 너무 무섭고 당황스러워 아무 말도 못했지만 가슴속에서 용광수가 부글부글 끓고 마음과 몸이 요동쳤다.

지금 나는 죽는다는 건가? 산다는 건가? 이 판에 내가 죽고 사는 게 무슨 문제겠는가. 차마 누구에게도 털어놓을 수 없었던 숨 막히는 사연을 가슴에 묻은 채 내 인생을 마감할 수 있겠다는 연한 안도감이 들고 헛웃음이 나왔다. 이대로 눈을 감을 수 있다면 하는 편안함마저 감돌면서 나는 숙연해졌다.

　　원망도 저주도 사랑도 애절함도 불쌍한 자식 생각도 다 잊을 수 있는 순간이었다. 다만 나에게 닥쳐올 죽음이 과연 고통 없이 죽을 수 있을까라는 생각만 들었다. 암은 고통 속에 죽어가는 병이라 들었는데, 이 병원에서 고통 없이 죽게 해주리라 믿고 싶었다.

　　"그 많은 시련을 주고도 아직도 저에게 줄 시련이 남아있다면 그만 거두시고 저를 편히 보내주세요."

　　마음속으로 통한의 기도를 올렸다.

　　내 처지에 병실에 누워 편안하게 입원해 있는 것도, 수술을 받겠다는 것도 무모한 사치요 낭비였다. 미래를 예약할 수 없는 형편에 누구에게 의존하고 누워있는 것인지. 한없이 어둡고 질펀한 곳으로 빠져들어가는 느낌이 초조함과 함께 나를 억눌렀다. 암. 다들 두려워하는 병이 젊은 나이인 나에게 왜 찾아왔을까? 이전에는 상상하지 못했던 절망의 구덩이였다.

눈은 환각상태처럼 초점을 잃고 환상의 세계를 넘나들었다. 도대체 이 몸뚱이를 어떻게 하면 좋단 말인가? 막막함 그 자체였다. 만약 수술을 한다면 수술비는 어디에서 구하며 그만한 대가는 찾을 수 있는 걸까. 피를 토하는 절규를 해봐도, 정신을 가다듬을 수 없게 짓누르는 바위들 틈에서 옴짝달싹 못하고 안간힘만 쓰고 있었다.

다급할 때 찾는 주님, 하느님, 부처님, 아버지, 모두에게 원망하고 나를 원망해봐도 해답은 없었다. 그렇다고 병원 문을 나서면 죽는다는데, 죽는 게 무서워서 퇴원하자는 말도 입에서 떨어지지 않았다. 이 병원에서 수술받다가 죽는 게 내 소원인데 그렇게 해줄 수 있을까. 그런 것만 기대할 수 있었다.

워낙 병세가 촉각을 다투다 보니 병원의 순서는 일사천리로 진행되었다. 금식이 시작되고 관장을 하고 혈관주사는 연속으로 들어가고 화장실은 연신 들락거렸다. 마음도 몸도 안정이란 찾을 수 없었다. 엉겁결에 수술 날짜가 결정되고, 돈 한 푼 없으면서 병실에 누워 돌아가는 상황을 바라볼 뿐이었다.

수술 전날, 팔꿈치 안쪽에 주사 바늘 꽂을 혈관을 찾는 데 남자 의사가 어찌 그리 혈관을 못 찾던지 이곳저곳을 마구 찔러댔다.

"선생님 남의 살이라고 그렇게 아무데나 마구 찔러대면 어떡해요."

나도 모르게 퉁명스런 말투로 책망했다. 수술 전 사흘은 30일 같이 느껴졌다. 지루하고 지겨운 속에 격한 마음의 고통이 찾아왔다. 매 순간순간 생을 포기하고 싶은 강한 부정을 부르짖었으나, 강한 부정은 강한 긍정이었는지 모른다는 생각을 지금에 해본다.

어린 나이에 어머니가 세상을 떠나고 새엄마 밑에서 우여곡절이 많았다. 성격이 곧고 까칠했다면 아마도 순간순간을 넘기기가 어려웠겠지만, 나는 조금은 낙천적이고 안 좋은 일을 깊게 생각하지 않는 편이었다. 미워할 사람도, 그렇다고 나를 미워하는 사람도 대수롭지 않게 생각하며 긴 세월을 보냈다. 새엄마 밑에서 나를 드러내지 못하고 살았으면 시집살이라도 편히 보냈으면 좋았으련만 호된 시어머니를 만나 바늘방석인 오늘이었고 내일이었다. 그런 연유로 나의 몸은 엄청난 병의 세례를 받게 된 모양이다.

　　그렇다면 누가 이기나 한번 맞붙어볼 수밖에. 강한 오기가 생기면서 일단 병원에 온 이상 날짜를 받아놨으니 수술을 받고 보자는 마음이 들었다. 누구도 나를 병원 밖으로 끌어내리지 못하리라.

　　생과 사를 차라리 병원에 맡겨버리자고 최면을 걸기도 했다. 더이상 구차한 삶을 살고 싶지 않았지만 그렇다고 자결을 할 수는 없으니 어쩔 수 없었다.

　　나에게 아직도 짊어질 십자가가 남아있었던지 주님은 내가 염원하는, 이대로 죽음을 달라는 기도에는 응답을 주지 않으셨다.

수술 받던 날

1979년 2월 12일

수술 받는 날이다. 아침 9시 수술실로 들어가기 전, 7남매 중 일본 사시는 작은오빠만 빠지고 모두 한자리에 모였다. 서울 큰오빠 내외, 보성 큰동생 내외, 그리고 먼 곳에서 일찍 서둘러 왔을 형제들. 한 사람씩 수술실로 가는 침대에 누워있는 내 손을 붙잡고 격려를 해주었지만 내 마음은 무겁고 알몸을 내놓은 것 같은 수치심에 눈을 뜨지 못했다. 좋을 때는 남이고 어려울 때는 가족이라 했던가. 그래도 막상 이렇게 많은 응원군이 내 옆에 있다는 게 큰 위안이 되었다.

아마도 흔치 않았던 수술이라 만약의 실패를 생각하며, 홀로 병중에 있는 형제라는 안쓰러움에 모두 모였을 것이다. 수술 전 오빠에게 부탁했다.

"그래도 남편한테 알려주세요."

하지만 남편과 아이들은 끝내 나타나지 않았다.

수술 침대에 손발이 묶인 채 애원했다.

'제발 저를 이대로 보내주세요.'

의사의 몇 마디 질문 속에 깊은 잠에 빠져들었다. 여덟 시간의 죽

음. 얼마가 지났을까. 내 손과 누구의 손인지 모르지만 촉촉이 젖어있
는 그 손 사이에서 얼마나 많은 실랑이가 벌어졌는지 모른다. 나는 양
팔과 양다리가 침대에 단단히 묶인 채 있는 힘을 다하여 울부짖고 몸
부림쳤다.

"누구 없어요. 저 좀 살려주세요."

두 눈을 찔끔 감고 소리쳤다. 아프다는 표현은 맞지 않았다. 내 살
을 갈기갈기 찢는 듯한 고통. 무어라 말로 표현할 수 없는 아픔에 발버
둥치고 소리 질렀다. 내 살을 주체할 수가 없었다. 지금 같으면 무통주
사가 있으니 그런 고통은 없겠지만, 40년쯤 전이니 모든 것이 열악한
환경이었다.

가끔 텔레비전에서 추어탕 이야기가 나올 때가 있다. 미꾸라지에
소금을 뿌리면 미꾸라지가 날뛰는 것처럼 나도 그때 아마 저랬을 것
같다는 생각이 들었다. 두 시간마다 진통제를 연속으로 놔주었지만 통
증은 쉽사리 사라지지 않았다.

그러나 시작이 있으면 끝이 있는 법. 어느 정도 시간이 흐르니 살
이 찢어지는 듯한 아픔도 조금씩 누그러져 참을 만한 정도가 되었다.
그때야 겨우 눈을 뜨고 주위를 돌아보았다. 둘째 남동생과 큰올케가

내 입에서 나오는 가래를 가제 수건으로 연신 받아내고 씻어내고 있었다.

정신을 차리고 한참 후 의사가 들어왔다.

"수술은 잘 끝났습니다."

죽기를 바란 나에게 그 말은 사형선고보다 더 무서웠다.

의사의 말이 귀에 들어오지 않았다. 아파서 울음이 나왔지만 아픔보다는 서럽고 슬픈 마음 때문에 뜨거운 눈물이 펑펑 쏟아졌다. 엎어지면 핑계 김에 쉬어간다고 아픔을 가장한 서러움의 절규였다. 내 나이 서른일곱 아이가 셋이다. 남편도 있는데, 자식이고 남편이고 위태로운 수술을 한다는데 내 가족은 그림자도 찾아볼 수 없으니 부끄럽기도 했고 한심하기도 했다. 나 자신이 한없이 초라해 보였다.

분함이 억울함이 가슴을 짓누르고 내 발등을 찍고 있었다. 내가 살아온 인생이 불쌍해서 앞으로 살아갈 날이 암담해서 소리 없는 눈물이 소나기처럼 쏟아졌다. 운다고 사라지는 것은 아니지만 딱히 다르게 표현할 방법이 없었다. 생각하면 할수록 답답하고 징그럽고 숨 막히는 구덩이 속으로 파고든 느낌이었다.

그러기를 며칠. 가스가 나오지 않아 물마저 입모금을 못하고 축축

한 물수건으로 입술을 축이고 있을 뿐이었다. 그렇다고 안달해보지도 않았지만, 가스가 나오니 미음에서 죽으로, 나는 원래의 모습을 찾아 가고 있었다.

회진시간에 의사 선생님이 나에게 칭찬해 주었다.

"잘 참으셨습니다."

8층 병동에서 · 1

832호 병실로 들어서니 침대가 세 개 있었다. 내 생전 종합병원에 입원해보긴 처음이라서 모든 게 생소했다. 한 침대에 젊은 처녀가 누워있는데 '신부님'이라고 이름이 씌어있었다. 성당 신부는 아니겠지만 누구든 한 번 들으면 잊지 않을 이름이었다. 또 다른 침대에는 수술이 금방 끝났는지 환자가 고통 속에 신음 중이었다. 코에는 호스를 꽂고 입에서는 연신 가래가 나와 가족들이 분주히 가래를 가제 수건에 받아내며 빨아서 쓰곤 했다.

시골 농부의 아내였는데 아이를 낳고 일을 많이 해서 밑이 빠졌다고 했다. 그런 상황에 병원엔 가지 않고 사사로이 청강수물로 치료한다는 것이 완전히 못쓰게 되어 급히 광주로 상경, 종합병원에 오게 됐는데 그 남편이 부인에게 지극 정성이었다. 수술 후 이틀 밤을 꼬박 새우면서 환자 곁을 떠나지 않는 그 남편을 보노라니 비록 몸은 아파도 그들 부부가 행복해 보였다.

그 부인은 그런 남편에게 까다롭기가 이만저만 아니었다. 앉혀라 눕혀라 주문도 많고 말도 많았다. 우리 병실은 그 부인 때문에 웃는 일이 많았다. 그 부인에게 수납에서 입원비 독촉을 하니 돈을 만들러 간다면서 그 남편이 병실을 떠났다. 며칠 만에 소를 팔아 입원비를 들고

40

와서 부인의 안부부터 물었다. 시골에서 농사짓는 필부지만 어느 고관 대작보다 더 멋있어 보였다.

그런 남편을 보고 부인이 늦게 왔다고 앙탈을 부리고 짜증을 내도 남편은 미안미안 하면서 화 한번 내지 않았다. 그 부인은 완전히 낫지도 못하고 병원생활 2개월이라면서 퇴원을 했다. 그런 부부를 보면서 10여 년 동안 함께 살아온 우리는 과연 어떤 부부였을까, 생각하게 되었다.

1965년 이른 봄

당고모한테서 선을 보러 오겠다고 전갈이 왔다. 그리고 며칠 뒤, 시어머니 되실 분과 고모가 오셨다. 아버지는 만나기 싫다고 출타하시고 새엄마도 나가고 안 계신 사이 두 분이 들어오셨다. 어른들이 끼니 때 오셨는데 찬거리는 마땅찮고 해서 생각다 못해 텃밭에서 어린 상추를 솎아 겉절이를 만들었다. 그 사이 새엄마는 오셨으나 아버지는 끝내 들어오지 않으셨다.

우리 집에서는 탐탁찮게 생각해 성의 없이 보낸 것이다. 그런데 남자 집에선 성사되길 바라 전갈을 기다리다 못해 고모가 나를 불렀다. 그곳에서 그 남자와 맞선을 봤다. 첫 데이트는 과수원이었다. 아마 복숭아밭이었을 것이다. 처녀총각이 갈 데라고는 없던 터라, 한적한 과수원을 택했는지 모른다. 도랑을 건널 때 남자가 손을 내밀었지만 선뜻 내 손을 내놓지 못했다. 초여름 저녁엔 별을 세면서 방죽도 거닐었다. 어쩐지 남자는 나를 잘 이끌었고 말도 조리 있게 하고 재미있었다. 서울에 살다왔고, 나는 나이 어린 시골뜨기였으니 그렇기도 했을 것이다. 나도 남자에게 끌렸다. 우린 가끔 편지만 주고받았고 만날 수는 없었다. 아버지의 반대도 심했다. 그런데 그를 해수욕장으로 초대했다.

매년 여름, 들일이 거의 끝나는 8월 중순에 동생들을 데리고 해수욕장에 가는 것이 나의 연례행사였다. 외가가 해수욕장 근처에 있기도 했지만, 여름에 짠물에 몸을 태우고 모래찜질을 하면 겨울을 별 탈 없이 넘길 수 있고, 여름 내내 땀 흘리며 온 식구 뒷바라지한다고 종종대는 내게 휴가를 줄 수도 있다는 게 아버지의 생각이었다.

남해의 물은 탁하기는 하지만 수심이 얕고 모래가 고와 수영하기 제격이고, 소나무숲이 우거져 볕을 피할 수 있는 것도 해수욕하기에 안성맞춤이었다.

나보다 나이가 여덟 살이나 많아 아저씨 같았지만 그 남자가 편했다. 가끔 데이트를 신청해도 집을 빠져나가기가 쉽지 않아 해수욕장에 초대한 것이다. 남자와 나는 모든 생각을 뒤로하고 마냥 즐거운 하루를 보냈다. 순하게 찰싹거리는 파도소리는 정감어린 세레나데로 들렸고, 바닷물이 주는 부드러운 촉감은 따스한 손길 같았다.

태양은 대지를 녹이듯 햇볕이 따가웠으나 8월 중순이 넘은 바닷물은 따뜻하지 않았다. 내 입술은 파랗게 변했고 그 하루는 화살처럼 지나갔다.

그동안 우리의 만남을 반대해 온 아버지도 해수욕장에서 만났다는 말에 그만 반승낙을 하고 말았다. 아버지는 총각의 나이가 많을 뿐 아니라 항간에 며느리 시집살이를 호되게 시킨다는 소문이 자자했고 가문 또한 당신 성에 차지 않은 이유로 반대하신 거였다.

〈나니아 연대기〉를 쓴 C.S 루이스는 이렇게 말했다.

바닷물이 파도 끝에 잠깐 멈추는 순간이 우리 인생이다.

수납에서는 밀린 병원비 독촉이 성화였고, 모든 치료가 중단되고 있었다. 해결 방법이 없었다. 그 사이 남편은 밤이면 창구로 전화를 걸어오지만 병원비 정산을 하겠다는 말은 일언반구도 없었으니 나 또한 병원비 가지고 내려와라 하기가 싫었다. 아마도 남편은 내가 치료비 달라고 굽신거리기를 기다렸는지 모르지만 차마 말이 떨어지지 않았다. 할 수 없이 큰오빠한테 전화를 했다. 병원비를 부탁한 나에게 큰오빠는 월요일이면 가지고 내려갈 테니 걱정하지 말고 치료나 잘 받고 있으라고 했다. 이렇게 고마울 데가…… 가슴이 뻥 뚫리는 것 같은 안도감에 숨을 몰아 쉬었다. 사실, 남편에게로 되돌아가고 싶지 않았다. 큰오빠는 이런 내 심중을 알고 있었을까. 사람이 죽으란 법은 없는 모양이다. 남편이 아니고도 내 몸값을 치러줄 사람이 있다는 것에 감사했다.

　　큰오빠는 말수가 적고 묵직하니 항상 그 자리에서 나를 지켜보고 계셨다. 남매지간이라고 하나 나와는 10년 터울이라 대하기가 어려웠다. 그런 오빠였는데 내 청을 두말없이 들어주었다. 오빠는 그 후로도 늘 버팀목이 돼주었다. 그런 오빠가 남편이 가고 몇 년 안 되어 위암 판정을 받았다. 오랜 투병 끝에 회생의 기미가 없다고 퇴원하여 집에 있을 때, 고통스러워 할 때마다 내가 마약성 진통제를 놓아주었다.

어느 날 저녁에 식구들이 하나둘 잠깐 눈 붙이고 오겠다고 나간 사이, 그때도 통증으로 힘들어해 진통제를 주사했는데 바늘을 빼자마자 오빠가 스르르 눈을 감는 거였다. 난생 처음 임종을 나 혼자 본 것이었다.

이렇게 모두 내 곁을 떠났다.

8층 병동에서 · 2

1979년 2월 25일

운동을 해야 장이 제자리를 찾는다기에 통증이 가라앉은 다음부터 매일 병원 내를 돌아다니며 걸었다. 아침을 먹고 환자복을 새것으로 갈아입고 병실 문을 나서는데 저만치서 남편이 걸어오고 있었다. 가슴이 떨리고 심장이 멎는 것 같아 발걸음이 주춤해졌다. 서로 눈이 마주쳤다. 발이 떨렸다. 무서운 사자를 만난 느낌. 가슴이 벌렁거렸다. 그러나 곧 난 남편이 가는 곳으로 따라갔다. 둘이는 서로 쳐다볼 뿐 한동안 말이 없었다.

그래도 남편이라는 무게감에 모든 설움을 넋두리하고 싶은 충동을 느꼈다. 부둥켜안고 울고 싶은 찰라 남편 입에서 독한 욕설과 폭언이 쏟아져나왔다. 남편이 무슨 말을 하던 난 입을 꼭 다물었다. 왜 그 남자가 그렇게 초라하고 불쌍해 보이던지. 무슨 말이든 하고 싶은 대로 하라고 두었다. 그래도 죽기 전에 얼굴이라도 한 번 봤으니 그걸로 족했다. 그 남편이 밉고 못됐다고 책망하고 싶지 않았다.

남편은 자기 하고 싶은 말, 자기 합리화에 사력을 다하더니,

"이혼합시다."

이 말을 남기고 유유히 떠나버렸다. 몸 관리 잘해서 빨리 회복하라

는 당부는 한마디도 없이.

남편의 뒷모습을 보면서 내 가슴속에서는 뜨거운 통곡이 터져나
왔다. 소리도 눈물도 없는 피투성이가 강물 흐르듯 넘쳐났지만 누구에
게도 보이고 싶지 않았고, 남편이 왔다는 사실조차 숨기고 싶었다.

불현듯 아버지 얼굴이 떠오르면서 아버지께 사죄하고 싶어졌다.

모질고 고약한 남편이 안쓰러웠다가 다시 미움으로 변했다. 남편
은 아마도 자기에게 병원비 달라는 소리를 하지 않은 게 미웠는지 모
르지만, 난 내 입으로 도와달라는 말이 떨어지지 않았다. 알량한 자존
심이었을까. 아니, 남편이 나를 살릴 의향이 전혀 없을 거라는 생각이
들어서였다.

혈변을 보고 말라가는 나를 보면서 무슨 병이란 걸 모를 리 없었을
텐데 병원 한 번 가자고 해본 적 없었다. 뿐더러 온갖 행패가 날이 갈수
록 심해져 더 이상 나는 그 소굴에서 버티지 못하고 집을 뛰쳐나왔던
게 아닌가. 거기다 대고 병원비 이야기를 할 수는 없었다.

이혼을 작정하고 집을 나왔기 때문에 친정식구들 누구도 남편에
게 나를 떠넘기려 하는 사람은 없었다. 병원에 있는 동안 많은 사람이

문병을 와주어 내 곁에도 이렇게 사람이 많다는 것을 처음 느꼈다. 하지만 시댁 식구들은 누구 하나 문병 온 사람이 없었다.

나는 남편의 '이혼'이란 말에 한쪽 팔이 떨어져 나가는 느낌이었다. 부끄럽고 속상했다. 환자복을 입고 찬기가 온몸을 휘감고 있는 나를 어떻게 하면 좋을까. 누가 나의 찬 몸을 녹여 줄 수 있을까. 햇볕일까. 사람에게 받은 상처는 사람만이 치유할 수 있다는데 이런 나를 치유해 줄 누군가가 있을까? 우리가 살아가는 삶은 하루하루 죽음으로 가는 길이고 죽음 앞엔 가장 소중한 것을 내려놓는 게 '평온'이라고 누군가 말했다. 너무도 많은 질펀한 생의 애착을 던져버리고 싶었다.

병실 창밖은 회색 구름이 짙게 깔려 있었다. 추운 겨울의 때를 벗으려고 안간힘을 쓰는 하늘빛. 나뭇가지는 새 움들을 빼족빼족 머금고 있었다. 세찬 바람을 온몸으로 막아내고 있는 나무들에게 박수를 보내고 싶었다. 나무들은 죽은 듯 겨울을 보냈지만, 새 봄이 오면 푸르게 푸르게 커갈 것이다.

나에게도 겨울이 지나가고 봄이 올까. 단 한 가닥도 희망은 없다.

그러나 부딪쳐 보리라. 아직 몸을 가누지 못하고 엉금엉금 걸으면서
도, 이상하게도 지옥문에서 풀려난 사람처럼 한 번 살아보겠다는 의욕
이 솟아났다. 남편 없이도 무엇이든 하면서 내 인생을 개척해 나가리
라. 나는 가슴을 쓸어내렸다.

　모든 이에게 받은 응원 덕분인지 모른다. 큰오빠와 작은오빠는 두
말하지 않고 수술비와 입원비를 내주었다. 만약 두 오빠가 없었다면
나는 어떻게 되었을까? 아마도 죽기보다 싫었어도 남편에게 매달렸을
지도 모른다. 다른 가족들은 물론, 가족이 아닌 사람들도 나를 격려하
고 응원해줬다. 얼마 가지 못해 병이 재발할지 모른다는 두려움을 극
복하고, 수술을 견뎌내고 이왕 여기까지 왔는데 살아봐야겠다는 의욕
이 생긴 건 그 응원들 덕분이었다. 누군가가 있었다.

　이렇게 하고 죽으면 안된다. 끝까지 살아가보자.

　나는 나를 다독였다.

　시간은 하루하루 지나갔다. 하루가 열흘 같고 한 달이 열 달 같았
던 병원생활. 아파서 통곡하고 서러워서 통곡하던 삼십대의 날들.

퇴원

산을 오를 때 꼭대기를 쳐다보면 겁부터 나고 못 오를 것 같지만 앞만 보고 한발 한발 떼다 보면 어느새 정상이다. 주어진 인생 끝이 어딘지 모르지만 그냥 한 발짝 한 발짝 내딛어보자. 오늘 하루만 살아보자. 딱 오늘 하루만……

영국의 호스피스 운동가 로저 콜 박사는 "아름다운 죽음은 아름다운 삶을 경험할 때 가능하다"고 했다. 나는 앞으로 아름다운 삶을 살수 있을까? 여태껏 힘들었던 내 삶이 거꾸로 나를 안도시켰다.

내일이면 퇴원을 한다. 수술 부위에 실밥도 뺐다.

내 몸 한구석을 제거하고 통한의 눈물을 쏟던 병실. 떠나야 하는 순간, 마음은 갈 곳을 찾지 못해 깊은 한숨이 나왔다. 병실을 나서면 나는 어디로 발길을 돌려야 하나? 마음이 무겁고 막막했다.

병실에서 한 달을 지내는 동안 침대의 삐걱거리는 소리 때문에 마음대로 뒤척이지도 못했다. 새엄마는 병실 보조의자에서 쪽잠을 자면서 집에도 거의 못 가고 내 병시중을 들어주었다. 그 동안 남몰래 나를 힘들게 했었는데, 그래도 엄마구나 하는 생각이 들었다. 그때를 생각하면 참 고맙다.

웃고 울던 사연 많은 전대병원 8층 병동. 다시는 찾아가보고 싶지 않는 곳이다. 퇴원하는 날 의사는 말했다.

"환자분은 그래도 쉽게 좋아진 겁니다. 직장을 잘라 낸 곳에 대변이 남아있으면 백 프로 염증으로 고생하는데 빨리 완쾌되어 다행입니다."

불행 중 다행이었다.

갈 곳을 찾지 못하고 결국 친정집으로 향했다. 내 집은 아니지만 온돌방에 몸을 의지하니 살 것 같았다. 하지만 손아래 올케 보기가 민망스럽고 바늘방석이었다.

며칠 지나니 또 다른 고통이 나를 찾아왔다. 온몸이 오그라드는 듯하고 다리가 빳빳하니 쥐가 나서 앉아있을 수도 서있을 수도 없는 경련이 일어났다. 어떻게 해야 할지 막막했다. 병원도 멀고 산간벽지 시골 마을에서 하루하루 버티기가 힘들었다. 병원에 전화를 해보니 영양부족에서 오는 혈액순환 장애니 수액주사를 맞아야 한다고 했다. 병원 갈 엄두는 안 나고, 읍내에 있는 약국에서 수액제를 사왔으나 산골 마을에 마땅히 주사 놔줄 사람이 없었다. 그래도 죽으란 법은 없는지 군

생활 때 의무실에 있었다는 사람이 있어 그나마 그 사람을 불러 혈관 주사를 겨우겨우 어렵게 맞았다. 하루에 두 병씩, 연거푸 며칠을 맞고 나니 조금은 호전되었다.

힘들게 몸 가누기도 어려운 지경에 남편은 자꾸만 전화를 걸어왔다. 내 손은 부들부들 떨렸고 심장의 박동소리는 콩닥거렸다. 아무런 결론도 나지 않을 전화 벨소리에 그나마 남아있던 마음도 송두리째 사라지고 미움이 가슴속 깊이 파고들었다.

1965년 11월 23일 나의 결혼기념일

우리 집 앞마당에 멍석이 깔리고 천막이 쳐지고 온 고을 사람이며 친척들이 모여 음식을 먹으며 즐거운 시간을 보냈다.

나는 원삼 족두리를 쓰고 결혼식을 올린 뒤 최신식 하얀 드레스를 빌려다 입고 결혼사진을 찍었다. 첫날밤을 친정에서 새우고 신행 떠나는 나를 보고 아버지는 먼발치에서 눈물을 훔치고 계셨다. 그로부터 나의 신혼생활이 시작되었다.

시댁으로 들어간 첫날밤 친구들이 몰려와 한판이 벌어졌다. 술 마시고 노래하고 새신랑 발바닥을 방망이로 내려치고. 그런데 불현듯 누군가 나에게 귀뜸해준 말이 생각났다. '첫날밤 새신랑이 방망이로 발바닥을 맞으면 오래 못산대.' 난 남편이 발바닥을 맞을 때 마다 '안돼, 안돼'하며 울부짖었다. 친구들은 좋아라 하며 더 힘차게 내려쳤다.

시집엔 시아버지, 시어머니, 손아래 시누이가 살고 있었고 시동생은 군 입대 중이었다. 집 구조는 일본식이었는데, 길가 점포는 약국이었고 그 양쪽으로 방이 두 개씩, 가운데에 복도가 길게 나있었다. 복도 끝엔 부엌이 널찍했고 그 옆이 우리 신혼방이었다. 부엌문을 열면 우물이 있고 마당이 있었다.

조그만 방에 신혼살림을 풀고 첫 밤을 지내고 아침 일찍 부엌으로 나갔으나 모든 것이 생소하여 무엇을 해야 할지 막막하기만 했다. 이 집은 농삿집이 아니니 오일장이 서는 날 부식과 쌀을 사서 생활했고, 점포만 나서면 장터였다. 친정집과 가장 다른 건 처음 보는 연탄아궁이와 전깃불이었다. 친정집은 내가 시집올 때까지 호롱불을 썼으며 땔감도 장작이나 그와 비슷한 다른 땔감이었다.

연탄불은 만만하지 않았다. 연탄 갈기도 번거로웠으며 시간을 잘

맞추어 꺼지지 않게 하려면 신경을 곤두세워야 했다. 나는 새댁이란 호칭으로 불리었고, 긴 치마저고리에 긴 앞치마를 두르고 시집살이를 시작했다.

이것이 신혼 생활? 좋은 것도 즐거운 것도 없이 그저 시어른들 눈치 보느라 전전긍긍 부엌을 떠날 수가 없었다. 시아버님은 아주 유순하신 분인 반면 시어머님은 눈빛부터가 매섭고 오기가 많고 생활력이 강한 분이셨다. 결혼 전 혼수 때문에 여러 잡음이 있었는데, 그걸로 인해 내가 하는 모든 걸 탐탁치 않게 생각하고 트집을 잡으셨다. 항간에 떠도는 호된 시집살이가 시작된 것이다.

시집살이

남편은 아버지를 따라 만주에서 살다 고향으로 돌아왔을 때 나이가 많아 초등학교 4학년으로 월반을 했고, 중학교와 순천고를 나와 서울 성균관대학교 약대를 졸업하고 약사가 되었다. 그리고는 바로 아버지가 운영하던 약방을 물려받아 약국으로 간판을 바꾸고, 그 동네에서는 엘리트로 별 어려움 없는 생활을 하고 있었다.

그 시절, 가난이 찌든 시골에서 순천으로, 서울로 유학을 보낸다는 것은 꿈도 못 꿀 일이었으니 시어머니의 위세는 하늘을 찌를 듯 기세가 등등했다. 나의 기를 꺾겠다는 의도였는지 모르지만 혼수가 마음에 안 든다는 이유로 온갖 트집을 다 잡았다. 또 저녁 마실 갔다 늦게 들어오신 날이며 잠깐 자리에 눕는 날이면 신혼 방문이 여지없이 활짝 열렸다. 그렇듯 나를 쥐락펴락하시더니 결혼하고 8개월쯤, 시집 온 이듬해 가을로 접어들 때부터는 아이가 안 생긴다고 성화셨다. 어쩐 일인지 임신이 안 되었다.

마음이 안정되지 않고 불안과 초조 속에 많은 날을 보내니 가슴만 타들어갔다.

어느 날 새벽 시부모님 방 연탄을 갈려고 방문 앞으로 가는데 말소리가 들렸다.

"자가 여지껏 애를 못 가졌으니 그만 내보냅시다."

"우리는 자들 결혼시켰으니 우리 할 일은 끝났제."

"그렇다고 손놓고 가만 앉아 기다릴 수는 없제. 무슨 수를 써야제. 지금 자 나이가 몇이여."

"그래도 둘이 알아서 할 일이제. 우리가 어떻게 할 수는 없제."

"아니, 당신은 그렇게밖에 말을 못혀요."

그 말을 듣는데 손발이 떨려서 연탄을 갈지 못하고 부엌 마루에 넋을 잃고 한참을 앉아있었다. 부부로 인연을 맺었는데 그렇게 쉽게 그 인연을 끊으려 하시는 어른들에게 너무도 큰 상처를 받았다.

　이 집이 과연 사람 사는 집일까? 첫 번째로 친정아버지 얼굴이 떠올랐다. 그렇게 반대하던 아버지. 만약 이집에서 쫓겨난다면 나는 어디로 간단 말인가? 중치가 막히고 여러 가지 생각들이 뒤죽박죽되면서 나를 억눌렀다. 나는 그날 하루 손으로는 밥을 짓고 설거지를 했지만 완전히 넋이 나간 사람이었다.

　이대로 모든 것 버리고 이 집에서 나간다면 어떻게 될까? 가슴이 찢어지면서 눈물도 나오지 않았다. 이윽고 저녁이 되었다. 시부모님이 남편을 당신네 방으로 불러들였다. 아침에 한 이야기를 할 거라는 생각이 들었다. 그러나 그 사람들 말을 듣고 싶지 않았다. 한참 후 어렴풋이 남편의 목소리가 들렸다. 격한 목소리로 소리 지르고 있었다.

　"저희 결혼으로 부모님 할일 끝났으니 저희 일은 저희가 알아서 합니다."

　꽝하고 방문 닫는 소리가 요란하게 들렸다.

　그 겨울을 보내고 설 명절을 지냈다. 남편이 처가에 세배를 다녀오겠다고 하니 아이 이야기가 또 나왔다. 그길로 남편은 가방 하나를 들고 서울행 열차를 타고 말았다.

"나 올 때까지 기다리고 있어."

나가면서 한마디한 게 모두였다. 모두가 순식간에 벌어진 일이었다. 한 달이 지나도 소식이 없기에 나도 친정으로 와버렸다. 친정아버지는 잘 왔다는 듯 반겨주셨다.

친정에서 있은 지 며칠 뒤 남편이 해거름에 찾아와서 부모님께 대충 인사를 드리고 선걸음에 말했다.

"지금 나를 따라나서면 같이 살 것이고 지금 따라나서지 않으려면 여기서 끝냅시다."

"지금 집으로 갑시다."

단호했다. 아버지는 못된 놈이 들어오지도 않고 애를 잡는다고 안 가도 된다고 말씀하셨으나, 그 남편을 혼자 보내기 싫었다.

그런 남편이었기에 나는 몇 번의 이혼 사유가 있었어도 꾹 참고 견디며 살았었다.

법원 가는 길·1

　수술만 하면 모든 치료가 끝나는 줄 알았으나 수술로 치료가 시작이었다. 보성에서 광주까지 통원치료 비용도 만만찮았다. 퇴원하고 여러 가지 증상이 있었으나 시간이 갈수록 거의 없어졌는데 그중에서도 머리가 어지럽고 구역질이 심한 증상은 가시지가 않아 고생을 많이 했다. 검사 결과, 간이 손상돼서 그런다면서 간장약을 처방해주었다. 약을 먹으니 호전은 됐지만 간장약 비용도 부담하기 버거웠다.

　암 말기라고 했으나 여러 장기에 전이되지 않고 한 군데서만 크게 자라 그나마 천만다행이라며 병원에서 암 부위 떼어낸 것을 올케언니에게 보여줬는데, 꼭 장닭 벼슬처럼 벌겋게 자라있었다고 했다. 그런 연유로 그나마 항암치료는 하지 않았다. 의사는 "앞으로 관리만 잘하면 별 탈 없을 것입니다"라고 했다.

　만약 내가 그때 병원을 뛰쳐나왔더라면 어떻게 됐을까. 보나마나 하루하루 고통 속에서 죽음의 길을 걸었겠지. 내 일생에서 이 기간을 무슨 주기라 명할까. 암흑기, 땅 밑, 어두운 두더지 굴, 햇빛도 쳐다볼 수 없는 음울한 시기. 핏기 없는 희뿌연 얼굴에 웃음기라고는 실오라기만큼도 찾아볼 수 없는, 음침한 한기가 솟는 인생 낙오자의 자태였을 것이다. 아마도 누구든 그런 나를 보는 것이 거북스러웠을지도 모른다.

삼십대 젊은 나이. 한참 살림에 재미 붙여 가족과 함께 오순도순 살 나이에 버거운 인생 행로를 가고 있었다. 나는 왜 이러고 살고 있을까? 이러고도 살려고 발버둥치는 내가 한없이 미웠다. 하지만 몇 번을 돌려 생각하고 옆으로 생각해봐도 뾰족한 길이 없었다. 그냥 시간이 흐르기를 기다릴 수밖에.

1979년 3월 22일

퇴원한 지 한 달이 채 안 되어서인지 마음처럼 움직일 힘도 없고 거동도 불편하여 방에서만 은신하고 있었다. 지금 같으면 요양병원이라도 가서 안정을 취할 시기지만 그럴 만한 처지도 아니었고 또한 그런 시설도 없었다.

그런데 개 짖는 소리가 심상치 않아 창밖을 내다보니 시어머니와 큰동서가 우리 집 마당을 들어서고 있었다. 나는 머리끝이 하늘로 올라가고 심장이 멎는 듯 온몸이 떨리기 시작했다. 그대로 그들을 대면

할 수가 없어 옆문을 통해 일단 대청마루로 가 심호흡을 했더니 조금 나아졌다. 나를 만나러 여기까지 왔으니 대면하기로 작심하고 그들과 마주앉았다. 시어머니가 나를 보면 그래도 몸은 어떤지 위로의 한마디 쯤 해주지 않을까 했는데 역시나 예상을 벗어났다. 나를 보자마자 이렇게 말하셨다.

"네 생각은 어떤 거여. 지금도 여기저기서 중신자리가 들어오는데 서류 정리가 안되어 사람을 못 들이고 있으니 수일 내로 이혼을 해줬으면 좋겠다. 그리고 갸는 약국을 비워놓고 다닐 수 없으니 네가 서울로 올라와서 해주기를 바란다. 갸도 아픈 몸인디 니까지 이리 되었으니 같이 살기는 힘들것제."

이런 소릴 듣자 순간 나는 악이 발동했다.

"저는 아직 몸이 완쾌되지 않아 서울까지 갈 수가 없으니 이혼이 그리 급하시면 내려오라고 하세요."

나는 몸을 부들부들 떨면서 그동안 서운하고 분했던 것들이 입에서 용수철처럼 튀어나와 거미가 거미줄을 줄줄 내뱉듯 하고 싶었던 말들을 쏟아냈다. 인간의 탈을 쓰고 이런 못된 인간들이 어디 있겠는가. 그래도 아들의 아내, 손주들의 엄마가 아니었는가. 며느리가 생사의

기로에서 겨우 목숨을 연명하고 살아났는데 입에 바른 소릴망정 한마디쯤 위로의 말을 할 수 있을 텐데 그들은 그런 도리마저도 몰랐다. 지금 생각하니 아마도 자기들에게 거금의 치료비를 청구할까 봐 미리 선수를 치지 않았나 하는 의구심이 들기도 한다.

그들이 내 집을 빠져나가고도 한참을 나는 진정하지 못했다. 그렇게도 무자비하게 주리를 틀고 간 시어머니와 동서. 이 사람들과 한 가족으로 살면서 내 모든 것을 희생했단 말인가. 역시 사람은 어려울 때 보면 알 수 있다.

나를 찾아온 내 아이

임신이 안되니 시어머니의 성화를 피해 가있던 친정으로 남편이 찾아왔을 때, 아이를 못 낳는 여자라는 이야기를 들으며 헤어지기는 싫었다. 아버지도 만류했지만, 마음속에 오기가 생겨 남편이 하자는 대로 가방에 옷 몇 가지만 넣고 낯선 서울행 열차를 탔었다. 마장동에 월세방을 얻어 부족하지만 새 살림을 시작했다.

나의 두 번째 삶

난생 처음 와보는 도시 서울. 눈 감으면 코를 베어간다는 서울. 모르는 것투성이였으나 꿈에 부푼 시간들이었다. 결혼 후 처음으로 맛보는 오붓한 둘만의 시간에 부족한 것도 비좁은 것도 문제가 되지 않았다. 아무것도 무섭지 않았고 수중에 돈이 없었어도 두렵지 않았다.

　첫날 500원을 주고 쌀 한 말을 사고 몇 가지 부식을 사서 밥상을 차렸다. 첫 밥상치고는 화려했었다. 처음으로 아침이면 남편 출근시키고 저녁 밥상을 맛있게 차려놓고 남편 오기를 기다리는 신혼생활이 시작되었다. 지금 와서 회상해보니 내 일생에서 가장 행복했고 즐거웠던 때였다.

　차츰 옆방 아낙들과도 친해져서 내 이야기를 할 수 있었다. 우리가 처녀 총각 눈 맞아 야밤 도주해온 줄 알았다고 했다. 살림살이도 없이 가방 하나만 달랑 들고 왔으니 누구든 그리 생각했을 것이다.

　매일 새벽 정화수를 떠 놓고 기도했다. 몇 달 후 거짓말처럼 임신을 했다. 반신반의하면서 병원에 갔는데 임신이라고 했다. 그렇게 원하던 아이가 나에게 찾아 온 것이다. 천하를 얻은 것 같았다. 입덧도 심하지 않았다.

　이듬해 3월 3일 간의 호된 진통 끝에 아들을 낳았다.

그렇게 힘들게 아이를 낳았으나 친정이나 시댁에서 누구하나 "수
고했다" "축하한다"고 빈말이라도 해준 사람이 없었다. 3일 만에 퇴원
했는데 산후조리도 막막했다. 할 수 없이 내가 밥하고 기저귀 빨고 모
든 일을 다했다. 3월 꽃샘바람이 살 속으로 스며들었고 늘어났던 뼛속
은 고무풍선처럼 부풀었다. 한 3일 일을 하고 나면 젖몸살이 나 앞가슴
은 터질 듯 아프고 한기가 나면서 온몸이 떨리고 쑤시며 감당하기가
어려웠다.

　　그때도 시어머니는 첫딸을 낳아야 하는데 아들을 낳았다고 못마
땅해 하시면서 이혼시키겠다고 올라왔었다.

　　아버지의 눈은 정확했다. 도저히 그냥 있을 수 없어 남편에게 편지
를 썼다. 흥분해서 무어라고 썼는지도 모르지만 남편도 만만찮은 힐난
의 답장을 보냈다. 그래도 마지막엔 "지금 당신 몸도 불편한데 더 이상
말하지 않겠으니 하루 속히 완쾌를 바랄 뿐이오. 3월 29일 ○○○"이라
고 끝을 맺었다.

　　내 편지를 받은 뒤로도 남편은 밤마다 하루도 빠지지 않고 전화를
했다. 그는 왜 나에게 전화를 했을까. 밤마다 걸려온 전화를 도대체 어

떻게 받아야 할까. 매일 밤 앙칼지게 말할 수도 없고 그렇다고 다정하게 말할 수도 없고 결국 나는 전화를 안 받기로 했다.

법원 가는 길 · 2

어린아이들이 셋. 과연 그 아이들은 엄마가 없는 집에서 잘살아가고 있을까. 한순간도 내 머릿속을 떠나지 않는 내 아이들. 아이들을 보고 싶어하는 것은 사치라고 말할지 모르지만, 병원에 있을 땐 죽더라도 아이들 곁에서 죽고 싶었다. 하지만 그것마저 내 뜻대로 되지 않았고, 누구에게도 아이들 안부를 물을 수 없었다. 내 속을 드러내놓고 초라해지고 싶지 않아서였다. 전화를 안 받으니 결국 편지가 왔다.

○○에게

그동안 건강은 좀 어떠한지 모르겠소.

다름이 아니라 당신 집에 전화를 하면 끊어버려 펜을 들었소.

이번 5월 6일 일요일에 당신을 만나고 싶은데

어떻게 했으면 좋을지?

그러나 보성에는 가지 않겠소.

그러니 광주나 서울에서 만났으면 하오.

당신이 편지로나 전화로 어디에서 만나자고 알려주기 바라오.

그럼 답장을 기다리면서.

4월 30일 ○○○

편지를 한 뒤로도 남편의 전화는 계속 되었다. 마음 한편에선 이제 불쌍함과 연민의 정이 스며들고 있었다. 세상에는 무수한 삶이 있다. 그 삶 속에서 모두가 고뇌한다. 그들은 형편에 맞추어 고민하고 저마다의 처지에서 자기들 성향대로 삶을 채워간다. 나는 나의 삶 속에서 깊은 상처들과 맞싸우고 있는 내가 서글퍼졌다.

한편으로는, 우직스런 바위처럼 끈질기게 버티고 있는 내가 바보스럽고 구역질이 났다. 매사에 똑 부러지게 단단한 삶을 살았으면 왜 이런 중벌이 있었겠는가. 어쩌면 이 모든 일이 내가 만든 착한 굴레를 벗어나지 못해 일어난 것만 같았다. 바보에게 주는 중벌을 나는 지금 받고 있는 것이다. 사람이 착하게만 산다고 축복을 주는 것은 아닌 것이다. 여자의 삶은 악착도 떨고 반항도 하고 투정도 해야 오히려 순조롭게 흘러가는 듯하다. 바보는 자기가 바보인 줄 모르고 그 삶이 옳은 줄 알고 계속 바보로 살아가는 것인가 보다.

나는 바보였다. 병원에서 받은 상처의 자국이 점점 아물어가니 불쌍한 내 아이들을 맡고 있는 남편을 미워할 수 없었다. 내 마음 나도 모르겠다. 그래 난 간도 쓸개도 없는 년이니까. 주위를 돌아보니 많은 사람이 있는 건 잠시뿐이고 허허벌판에 덩그러니 나 홀로 뒹굴고 있는 느낌이었다. 그래도 몇 년을 살을 맞대고 산 남편과 아이들이 내 동반자라는 생각으로 나를 몰아가고 있었다.

남편에게 전화를 걸어 광주에서 만나기로 약속을 했다.

농촌인 친정집은 부산하고 모두들 바빴다. 그렇다고 아직은 일을 거들 만큼 회복된 것도 아니어서 보고 있자니 답답하고 내 자신을 어디에 두어야 할지 영 가늠하기 어려웠다. 더 이상 이 집에서 살아갈 수가 없었다. 누구의 눈치도 보지 않고 살 수 있는 내 삶의 공간을 마련해야겠다는 생각으로 내 머리는 터질 것 같았다.

그때 마침 일본에서 오빠가 오셨다. 남편과의 관계를 어떻게 할 것인지 물었다. 가족들은 이혼을 해야 한다 하지 말아야 한다 여러 가지 의견이 분분했으나, 일단 남편이 광주로 온다고 했으니 만나보고 결정하겠다고 했다.

광주행 열차에 몸을 실었다. 오월 싱그러운 향기가 코끝을 간질이고 차창에 들판과 나무들이 스쳤다. 소나무는 물이 올라 싱싱했고 바람에 들판의 초록 물결이 일렁이는 것이 한 폭의 수채화를 구경하고 있는 것 같았다. 눈은 평화로웠으나 마음은 무거운 돌덩이를 안고 있는 듯 무겁고 착잡했다.

　남은 삶마저 갉아먹으며 기생충처럼 살아야 하나? 이런 궁상을 떠는 내 자신이 풍성한 계절의 열차 속 풍경을 휘젓는 것만 같았다. 창밖으로 어린 학생들이 소풍을 가는지 손을 흔드는 게 보였다. 내 아이들을 보는 것처럼 눈동자가 커졌다. 마음이 산란하다.

　남편은 병원에서처럼 나를 힐책할까. 아니면 내 손을 잡고 고생 많았다고 위로를 해줄까. 나는 남편에게 무슨 말을 할까. 물어보고 싶은 것들이 많은데 내 입에서 과연 그 말들을 쏟아낼 수 있을까. 오만 가지 생각들이 내 머리 주변을 휘감는데 저만치서 남편의 얼굴이 보였다.

법원 가는 길 · 3

남편은 수척해 보였다. 안쓰럽다. 당뇨가 심한 그가 많은 스트레스에 시달린 탓일 게다. 그렇게 생각하니 불쌍해 보이면서 꼭 한번 안아주고 싶었다. 나 이상으로 내 남편도 힘든 날들을 보냈구나 하는 측은함 마음이…… 순간, 제정신으로 돌아와 이 철없는 여자야, 하며 내 마음을 다독거렸다.

"다방으로 갑시다."

차 한 잔씩 시켜놓고 둘이는 그냥 앉아있었다. 다방엔 많은 사람들이 북적거렸다. 마음속에 담아놓은 말을 펼쳐놓기는 산만해 서로 말을 꺼내지 못하고 차만 마셨다.

"나갑시다."

남편을 따라 여관으로 들어갔다. 남편은 나를 설득하려고 긴 시간 울면서 많은 말을 했다. 결국 그 말들은 자신을 따라 집으로 가자는 말이었다. 눈물로 호소하면 돌아설 줄 알아겠지만, 측은하기는 했지만, 또 다시 남편을 따라 그 소굴 같은 곳으로 가기는 싫었다. 남편은 늦은 밤까지 설득하려 노력했다. 그러나 내가 이혼해도 위자료 따위는 원하지도 않는다는 말을 하니 더 이상 할 말이 없는지 보성으로 가자고 했다.

하행선 열차를 탔다. 22시 20분발 열차였다.

보성에 도착하니 궂은비가 내리고 있었다. 자정이 지난 역에는 사람들이 다 빠져나가고 없었다. 개찰구를 나와 역 앞에서 쳐다보니 희미한 불빛 아래 '온천여관'이라는 간판이 보였다. 우리는 수건으로 비를 털고 그 여관에서 하룻밤을 잤다. 이제는 남편도 결심한 듯 더 이상 나를 설득하는 말은 꺼내지 않았다. 비겁한 인간. 속으로 남편을 비웃었으나 한편으론 그의 모습이 처량해 보였다.

날이 밝자 우리는 읍사무소에서 이혼장 도장을 찍고 가정법원으로 갔다. 법원에 서류를 내고 차례 오기를 기다리다 아침도 못 먹은 터라 근처 식당으로 들어갔다. 배는 고팠으나 밥이 목구멍에 걸렸는지 넘기기가 힘들었다. 그리고 밥을 보는 순간 울컥 눈물이 쏟아졌다. 이 밥이 무엇인가. 남들은 겪지 않는 일을 겪으면서도 꾸역꾸역 이 밥을 넘겨야 한다는 것에 환멸을 느꼈다.

눈물만 뚝뚝 떨구고 그만 수저를 놓고 나왔다. 구름 한 점 없는 오월 청명한 날이었다.

언젠가 고종사촌 언니를 만나려고 가정법원이 있는 이 도시를 와 봤는데도 생소하기만 했다. 골목길엔 붉은 장미가 탐스럽게 피고 모든 것이 평화롭게 우리를 반기는 것 같았다.

이혼을 하자고 하면서 위자료를 청구했으면 이 남자는 어떻게 나왔을까. 못 준다고 생떼를 부렸을까. 아니면 순순히 내놓았을까. 더 이상 실랑이하기 싫어서 내 스스로 포기했더니 남편도 더 이상 우길 명분이 없었는지 도장을 찍을 수 있었다.

우린 다시 법원으로 돌아와 호명하기를 기다렸다. 지루한 시간이 흐르고 있었다. 둘은 서로 눈도 마주치지 않고 말도 하지 않는 것이, 영락없이 이혼할 부부라는 게 얼굴에 씌어있었다.

한참 후에 둘은 재판관 앞에 앉았다. 이유를 물었다. 성격 탓이라고 했다. 이것으로 우리의 이혼은 성립됐다. 담당 서기는 우리에게 서류 한 장씩을 주었다.

"각자 동사무소에 가셔서 이 서류를 제출하면 됩니다."

쌀쌀한 말 한마디로 이혼 절차는 끝이 났다. 어느 글에서 보니 함께 있을 때 설레는 사람보다는 편해지는 사람이 좋고, 손잡으면 따뜻해지는 사람보다는 마음이 따뜻한 사람이 좋다고 했는데, 나는 남편에게서 따뜻함을 느꼈던가. 솔직히 말해서, 느꼈을 것이다. 아이를 셋씩이나 낳았으니 말이다.

　법원을 나서는 내 발걸음은 허공 속에서 허우적이는 뜬구름 같았다. 앞이 아른거려 발걸음이 떨어지지 않았으나 겉으론 아무렇지도 않는 척 이 남자를 보내기 위해 같은 버스에 탔다. 목적지에 도착하는 두 시간 동안 내 눈에선 눈물이 그칠 줄 모르고 쏟아졌다. 아무리 참아보려고 해도 참을 수가 없었다. 이 남자도 울고 있었다. 같은 차에 탄 사람들이 우리를 어떻게 생각할까 하는 것은 아무 의미가 없었다. 그렇게 광주에 도착해 오후 6시 40분 서울행 열차를 탄 남자에게 손을 흔들어주고 나도 보성행 열차에 몸을 실었다.

　이혼을 해서 남남이 되었으면 각자 가는 곳으로 가면 되는데 왜 끝까지 착한 척하고 배웅까지 했을까. 아침부터 속을 비우고 물 한 모금 안 마셨더니 버스 속에서도 멀미가 심해 고통스러웠는데 이제 맥이 풀려 다리까지 후들거렸다.

　인간의 권력 중에 가장 큰 건 가족이 있다는 것인데, 이제 나는 남편도 자식도 없이 혈혈단신 이혼녀라는 간판만 커다랗게 붙은 처량한 신세가 되었다. 허무하기 그지없는 쓸쓸함. 누구에게도 내 마음을 털어놓을 수 없었고 인생행로에 관해서 자문을 구할 사람도 없었다. 벌판에 덩그러니 서있는 내게 외로움만이 뺨을 때리고 있었다. 이럴 때 친엄마라도 있었으면 얼마나 좋을까. 엄마 생각이 간절했다.

병마 속에 허덕이다가 가족마저 잃게 된 나를 항간의 사람들은 무어라 말할까. 아마도 복도 지지리 없다고 손가락질할 것이다. 정말 그때는 사람 얼굴 쳐다보는 것이 무섭고 두려워, 대문을 나서면 나의 움츠린 모습마저도 더 꺽여서 내가 땅속으로 꺼져가는 듯했었다. 무서운 나날들이었다.

기차에서 내려 밤이 깊어지기를 하염없이 기다렸다. 밤이 깊어지길 기다리기보다 차마 발걸음이 떨어지지 않아 발등만 쳐다보고 앉아 있을 뿐이었다. 동네사람들이 나의 초라한 모습을 볼까 봐, 또 그 집으로 들어가야 한다는 중압감에 막연히 시간만 보내고 있었다.

온 대지에 어둠이 깔리고 난 후 발걸음을 옮겼다. 한 발짝 한 발짝 터덕터덕 오만 가지 생각들이 어둠속 신작로에 펼쳐졌다 사라졌다, 용궁 깊숙이 빠져들었다가 하늘로 솟았다. 엄청난 일들이 한꺼번에 밀려왔는데 그 일을 감당하기엔 내가 너무 초라했다.

　밤길을 휘청이며 걷는 내 모습이 불쌍해 보였던지 자동차 경적 소리가 등뒤에서 나를 불렀지만 난 돌아보지 않고 묵묵히 걸었다. 텅 비어버린 가슴. 머리에서는 내 아이들이 떠드는 소리가 울렸다. 아이들에게 못할 짓을 한 것 같아 눈앞이 캄캄했다. 그래서 서럽게 목놓아 울었다. 모든 식구가 잠든 밤, 아무도 안 쓰는 방에 들어가 이부자리를 깔고 누웠다. 한기가 온몸으로 들어와 도저히 잠들 수가 없었다. 눈에 띄는 방석 하나를 더 깔고 누우니 한결 나았다.

　이 방은 내가 처녀시절에 쓰던 방이다. 호롱불 밑에서 밤새 책을 읽을 때면 어서 자라는 아버지의 채근을 몇 번씩 듣기도 했고 친구들을 불러 노닥거리기도 했다. 결혼 즈음엔 흰 광목에 십자수와 동양자수를 놓기도 했던, 나와 동거동락했던 방이다. 이런저런 생각들에 머물다 끔찍한 사건의 오늘에 도착해 잠에 빠져들었다.

　이틀 동안 꼼짝하지 않고 방에서 나오지 않았다. 이틀 동안 물 한모금 안 마셨더니 소변 볼일도 없었다. 누구와 마주앉아 신세타령하기도 싫었고 내가 누구와 마주앉기도 싫을 거라 생각했는지 말 붙이는 사람도 아무도 없었다.

밤이 되니 여전히 전화벨이 울렸다. 아무 대꾸가 없는 걸 보니 남편 전화인 것 같다.

1979년 5월 7일, 우리가 합의 이혼한 날이다.

암 완치 판정·1

    다음날 큰오빠한테서 전화가 와서 할 수 없이 일어나 안방으로 건너갔다. 내가 물 한 모금 안마시고 꼼짝 않으니 새엄마가 오빠한테 응원요청을 한 것 같았다. 바보처럼 타협도 안하고 위자료도 없이 경솔한 짓을 했다고 야단을 맞았다. 물론 새엄마와 동생도 무모한 짓을 했다며 나를 책망했다. 다들 배반당한 느낌이라며 분통을 터뜨렸다.

    수중에 단돈 한 푼 없이 심란하고 막막한 건 어디다 표현할 길 없었으나 어쩐지 마음만은 홀가분했다.

    5월 11일 또 한 통의 편지를 받았다.

    ○○에게
어제 전화를 했는데 또 끊어버립디다.
법적으로 헤어졌더라도 나는 맹세코 기다리겠소.
딴 마음 갖지 말고 하루 속히 완쾌하길 바라고 있으니
몸을 아끼고 열심히 약을 쓰도록 하시오.
적으나마 내 성의로 보내는 것이니
약값에 보태 쓰도록 하시오.

다음에도 여유가 닿는 대로 성의는 표할 것이오.

옷은 어떻게 할까요?

지금이라도 보내달라면 보내겠소. 당신 집안 사람들은

나를 죽일 놈으로 생각하겠지만 당신만은

나를 너무 나쁜 놈으로 생각하지 마시오.

다시 글 쓸 때까지 잘 있으시오.

5월 9일 ○○씀

이틀 뒤 답장을 썼다.

우리의 인연은 이걸로 끝이니 더 이상 나에게 신경 쓰지 말고 새 출발을 바란다는 말과 옷은 다음에 찾아가겠다고 썼다.

당장 거처도 명확하지 않고 내게 할 일이 있는 것도 아니고 몸이 온전치 못하니 힘든 일을 할 수도 없었다. 친정집에 눌러있자니 바늘 방석처럼 오금이 저렸고 또 따분하기도 했다. 답답한 마음에 바람도 쐴 겸 집을 나섰다. 마땅히 어디로 갈 만한 곳도 없어 윗마을 작은집으로 발길을 향했다.

어머니가 세상을 떠나면서 동서에게 나를 부탁하고 숨을 거두셨으나, 그 숙모도 그리 다정하지 못했다. 예전에는 작은아버지가 농협에 근무하셔서 보성 시내에 살았었다. 그때 가끔 집에 못 들어갈 때면 그 집 빈 방에서 자기도 하고 끼니를 때운 적은 있었어도 마음 편히 드나들 수 있는 집은 아니었다.

내가 병원에 있을 때 마을사람이 거의 다 병문안을 왔지만 작은집 식구들은 단 한 번도 오지 않았다. 그처럼 매정한 편이었다. 얼마 전 작은아버님이 돌아가시고 선산 옆 별장 같은 집으로 이사를 왔다. 마땅히 갈 데가 없어 발길 닿는 대로 그 집으로 갔으나 그 집도 문제가 많았다.

사촌 큰동생은 서울 살림을 해서 숙모는 둘째와 함께 사는데 둘째 며느리가 시어머니에 대한 불만이 이만저만이 아니었다. 여러 가지 꽃나무와 아름드리나무들이 어우러져 그림 같은 집이었는데, 그 내부에서 일어나는 일들은 삶의 현장이 그렇듯…… 살벌했다. 막상 가보니 너 사는 거나 나 사는 거나 별반 차이가 없다는 생각에 곧 그 집을 나왔다.

볕 좋은 오후 산등성이에 앉아 하늘을 쳐다보니 뭉게구름이 둥실 바람은 살랑살랑 유월의 산뜻한 하루였다. 산을 내려와 밭둑에 들어서니 싱그러운 보리 알갱이가 토실토실 살이 올라있었다. 밭고랑을 걸었다.

겨울이 끝날 무렵, 얼었던 땅이 녹을 때면 우린 부모님의 강요로 보리밭으로 갔었다. 겨우내 얼었다 녹은 보리밭의 보리 싹을 밟아주기 위해서다. 어린 싹을 꼭꼭 눌러 밟아줄수록 보리 뿌리가 튼튼해져 잘 자라기 때문이다. 보릿순이 어느 정도 파릇파릇 들판을 잔디밭으로 만들 때면 그 순을 잘라 된장국을 끓이고 떡을 만들어 먹기도 했다. 보리가 자라 어른 허리쯤 되면 아이들은 보리밭에 못 가게 했다. 나병환자들이 보리밭에서 어린애 간을 빼먹으면 고칠 수 있다는 말이 있어, 그런 짓을 할 수 있으니 행여 보리밭엔 가지 말라는 것이었다. 물론 그런 일은 없었지만 길거리에서 자주 보는 나병환자를 만날까 봐 혼자 들에 나가는 것이 무서웠다.

아련한 추억에 젖어있을 때 바람은 보리와 노닐고 있었다. 일본에 사는 작은오빠가 내가 이혼한 것을 알고 광주에 집을 사줄 테니 혼자 살아보라고 한 것이 위안이 되었다.

작은오빠는 군 제대 후 마땅한 직장을 갖지 못하고 빈둥거리다보니 용돈이 궁했다. 새엄마와 매일 용돈 문제로 전쟁 아닌 전쟁을 치렀지만 패배는 늘 작은오빠 몫이었다. 한창 젊은 나이의 오빠가 안돼 보여 나는 새엄마가 장에 가신 사이 쌀을 팔아 오빠 용돈을 줄 양으로 뒤주를 열었는데, 뒤주에는 쌀이 어디까지 있다는 표시가 되어있었다. 새엄마도 머리회전이 빠른 분이라 그런 생각까지 했을 것이다. 그러나 나도 만만치 않았다. 쌀을 한두 되 정도 퍼내고 뒤주에 똑같이 표시했다. 쌀은 농사가 없는 앞집에 가져가면 두말없이 돈으로 바꿔주었다. 농촌에서는 돈이 될 만한 다른 게 없었다. 쌀이 돈이고 돈이 쌀이었다. 그 돈을 오빠 손에 쥐여주곤 했다.

아버지는 매일 출근을 하시니 집에서 무슨 일이 일어나고 있는 줄 까맣게 모르셨다. 몇 개월 그런 생활을 하던 작은오빠는 지겨웠는지 할아버지가 출타하신 틈을 타서 금고를 털어 그길로 여수로 줄행랑을 쳤다. 나도 몰랐다.

방으로 들어가신 할아버지의 역정은 대단했다. 그 길로 대청마루로 나오시더니 책 쌓아 놓은 곳에서 책이라고 생긴 것은 모두 마당 한가운데로 내동댕이치고 불을 질러버렸다. 그날은 무서운 하루였다. 할아버지의 화가 하늘을 찌르니 그 앞에 함부로 서지도 못하고 모든 식구가 숨을 죽이고 쥐구멍만 찾고 있었다. 그렇게 오빠의 책과 나의 책,

앨범이 함께 불 속으로 사라졌다. 학창시절은 모두 잿더미로 사라졌고 내 기억에서도 멀어져갔다.

아버지가 여수에 아들을 찾으러 갔으나, 작은오빠는 집에 오는 게 싫다며 일본행 밀항선을 타버렸다. 그 길로 일본에 상륙하여 제일교포인 숙부님 사업을 돕고 그곳에 기거했다. 우여곡절 끝에 사업장 동료와 결혼하여 일본 국적을 갖고 딸 셋을 낳고 사업을 키우면서 다복하게 살다가 몇 년 전 일본에서 생을 마감하셨다.

오빠가 그래도 동생이라고 챙겨주니 한결 살아갈 희망이 보이는 듯했다. 아니, 천군만마를 얻은 듯 모든 것이 새로워 보였다.

암 완치 판정 · 2

1979년 6월 9일

한 달에 한 번 정기검진이 있어 종합병원엘 갔다. 여러 가지 검사 끝에 의사는 말했다.

"경과가 많이 좋아졌습니다. 간장약도 줄여도 될 것 같고 재발 위험도 거의 없으니 이젠 안심하셔도 될 것 같습니다."

그 말을 전적으로 믿을 순 없지만 일단은 마음이 놓였다. 이 환경에서 더 어려운 일이 있었다면 영영 헤어나지 못했을 텐데 그래도 하느님은 불쌍한 나를 구해주셨구나 싶었다.

> 주님은 나의 빛 나의 구원 누구를 두려워하랴. 주님은 내 생명의 요새. 나 누구를 무서워 하랴. 악인들이 내 몸을 집어삼키려 달려들지라도 내 적이요 원수인 그들은 비틀거리며 쓰러지리라.
> (〈시편〉 27장 1~2절)

> "주님께 청하는 것이 하나 있으니 그것을 얻고자 하니 내 한평생 주님 집에 살며 주님의 아름다움을 우러러 보고 그분 궁전을 눈여겨보는 것이라네." (〈시편〉 27장 4절)

'죽게 해주세요' 하고 기도한 것을 살고 싶다는 긍정의 의미로 생각하셨을까. 암환자라면 모두 재발을 두려워하는데 재발 위험이 없다고 하니 조금 안심이 되었다. 나는 맨주먹이나 마찬가지였지만 자신감이 생겼다. 병원에 온 김에 광주에 사는 고모집에나 한번 가봐야지.

캄캄하고 긴 터널을 지나면 어느 결에 따스한 햇살이 내리쬐듯 오랜만에 온기가 내 마음을 가라앉게 했다. 어느 하늘이면 어떠하랴 터널 밖이면 된다. 햇살만 있으면 언제가 될지 모르지만 꽃도 피고 새들도 모여들겠지. 그러다가 내 행로가 뒤돌아갈까 봐 스스로 자지러지게 놀라곤 했다. 끔찍한 시간 시간들. 그 시간 속으로는 다시 가지 말아야 하는데 만약 아직도 나에게 짊어질 십자가가 더 남아있다면 나는 이겨나갈 수 있을까⋯⋯. 발걸음은 거리를 활보하지만 마음은 점점 작아져, 어느 후미진 찻집 의자 밑에 쪼그리고 앉아있는 나를 찾아내곤 했다. 그러면 악몽을 헤매다 깨어난 순간처럼 정신이 혼미해졌다. 내 혼돈과는 상관없이 6월 초여름 날씨는 청명했다. 기분 좋게 흐느적거리는 바람에 마음이 빠져들었다.

고모에게 말했다.

“이 근처에 방을 하나 얻고 싶어요.”

고모는 나를 적극 후원해주었다. 복덕방 여기저기 들러 방을 구경하다가 싸고 작은 방을 만났다. 전세금이 30만원이라 하여 있는 돈 약간으로 계약을 하고 서울행 열차를 탔다. 결국 말할 수 있는 것은 큰오빠뿐이었다. 형제 간 하나 잘못되면 피해 보는 건 동기간이었다.

오빠에게 30만원을 받으면서 4부 선이자 12,000원을 떼어내고 3개월 후에 갚겠다고 각서를 썼다. 내 돈이 아닌데도 내 손에 돈이 들어오니 천하를 얻은 것처럼 기쁘고 숨통이 트여 이제는 살 수 있을 것 같았다. 히뿌연 회색빛이라도 가로등이 저녁을 밝히듯, 꺼져가는 내 마음도 온기로 환해졌다.

그리고는 아이들이 다니는 학교로 찾아가 아이들 얼굴을 보고, 떨어지지 않는 발길을 돌렸다. 누구의 잘못일까. 누구에게 분노를 느껴야 할지 누구를 미워해야 할지…… 아무도 없었다. 원망할 수 있는 건 나 자신이었다. 의연한 척 아이들의 초롱초롱한 눈빛을 마주하고 머리를 쓰다듬을 뿐, 말을 이을 수가 없었다. 아이들을 위해서라도 더 꿋꿋하게 살아가보자. 눈물을 삼키며 교정을 빠져나왔다.

가도가도 끝없는 붉은 황톳길

숨 막히는 더위뿐이더라.

(……)

앞으로 남은 두 개의 발가락이 잘릴 때까지

가도가도 천리, 먼 전라도길

한하운 시인의 시 〈전라도길〉이 나도 모르게 튀어나왔다. 내 팔다리가 잘려나가는 강한 통증을 느끼며 서울을 빠져나왔다.

호젓한 골목 맨 꼭대기 집을 내 집으로 점찍어놓고 의기양양하게 전세금을 치렀다. 집 뒤쪽엔 숲이 우거진 산이 있어 아침이면 이름 모를 새소리가 상쾌하게 들리는 곳. 공기 맑고 깨끗한 동네였다. 방은 비어있어서 바로 들어갈 수 있었다. 친정에 들러 간단하게 인사만 하고 나왔다.

친정 식구들이 내 뒤통수에 주먹질을 하고 있을 것 같아 오금이 저렸다. 발걸음을 무겁게 옮기면서도 마음은 하늘을 나는 기분이었다. 이제는 나도 자유의 몸이 되었다. 어디다 비할 수 없이 가볍고 홀가분한 기분. 내 몸은 새의 깃털처럼 허공을 둥둥 떠다니고 있었다.

나만의 공간이 생겼다. 아무에게도 간섭받지 않고 누구의 눈치도 보지 않아도 되는. 비좁고 가진 것은 아무것도 없지만 내겐 대궐 같은 의미의 공간이었다. 만약 내게 최후의 순간이 온다 해도 의연하게 갈 수 있게 됐다는 안도감에 나도 모르게 이게 행복이겠지, 이게 행복이겠지 혼잣말을 했다. 행복의 수준이 어디까지인지 모르겠지만 이거면 충분했다.

급한 대로 시장으로 가서 이부자리 한 채와 부엌용품을 간단하게 샀다. 방 청소를 깨끗이 하고 이부자리를 깔았다. 그날 밤 나는 이불을 입에 물고 내 맘껏 목놓아 울었다.

어찌하여 내가 태중에서 죽지 않았던가. 어찌하여 내가 모태에서 나올 때 숨지지 않았던가. 어째서 누어 쉬고 있을 터인데 잠들어 안식을 누리고 있을 터인데. (〈욥기〉 3장 11절~14절)

내가 태어난 자체가 불행이었고 그것이 나에게 주는 십자가였다. 앞으로 더 많은 난관이 생길 것 같은 두려움에 몸서리가 쳐졌다. 그러나 내일의 해는 밝아온다. 허둥대다가 해는 지고 또 해는 뜨고. 이왕 살아갈 길이라면 이겨 보자. 앞에 거센 파도가 몰아쳐 온다 해도 이겨보자. 살아보자. 강한 의지가 내 주먹을 불끈 쥐게 만들었다.

일자리도 생겼다. 손뜨개로 옷을 만드는 일이었다. 물론 이것이 생업이 될 수는 없지만 몸이 완전히 회복되지 않아 힘든 일은 못하니 앉아서 할 수 있는 일을 택한 것이다. 학교를 마치고 시골 일이 너무 따분해서 광주로 올라와 편물과 양재 학원을 졸업했었다. 시골로 다시 내려가 편물 개인교습도 하고 읍내 새마을회관에서 처녀들을 모아놓고 양재도 가르쳤다. 겨울이면 편물점을 운영하기도 했다. 실로 하는 것은 무엇이든 자신있었다. 처녀 적엔 동생들 옷이며 할아버지 옷은 거의 내가 다 재봉틀로 만들지 않았던가. 겨울이면 침모할머니와 함께 할아버지 명주 솜바지저고리를 만드는 일도 내 일이었다.

명주에 풀을 빳빳이 먹여 다듬이질로 곱게 펴서 솜을 넣고 만든 솜바지저고리를 겨울이면 몇 벌씩 만들었다. 할아버지는 돌아가실 때까지 한복만 입으셨다. 여름이면 재봉틀로 한산모시 조끼까지 만들어

드렸고 그걸 밤마다 숯다리미로 다렸다. 할아버지는 풀이 빳빳하게 살아있는 옷을 매일 갈아 입으셨다. 지금 같으면 엄두도 못낼 일이나, 그때는 농사일로 일꾼들 밥해대기도 바쁜데 층층시하 푸서답해대는 일도 엄청났다.

그러고 산 난데 무얼 못하겠는가? 목숨 부지하고 있으면 거미줄은 치지 않겠지. 마음 편하게 긴 하루가 낯설지 않았다. 몸만 더 좋아진다면 등짐도 질 수 있을 것 같았다. 이대로 죽어 넘어지진 말아야지. 모든 이의 응원 속에서 살아났는데 허투루는 살지 말아야지. 누구 보란 듯이 한 번 멋진 인생을 꾸며보리라.

주님은 나의 목자 나는 아쉬울 것 없어라. 푸른 풀밭에 나를 쉬게 하시고 잔잔한 물가로 나를 이끄시어 내 영혼에 생기 돋우어주시고 바른 길로 나를 이끌어주시니 당신의 이름 때문이어라. 제가 비록 어둠의 골짜기를 간다 하여도 재앙을 두려워하지 않으리니 당신께서 저와 함께 계시기 때문입니다. 당신의 막대와 지팡이가 저에게 위안을 줍니다. (〈시편〉 23장)

어느 신부님이 사형장으로 끌려가면서 이 시편을 외워 살아났다
고 한다.

모래밭에 세운 오막살이

1979년 6월 28일

또 한 통의 편지를 받았다.

> 잘 있는지요?
> 전화를 하려다 당신이 직접 받지 못할 것 같아 필을 들었오.
> 다름이 아니라 다음 일요일 광주에 갈까 하는데
> 당신 사정이 어떠한지?
> 당신이 없을 거 같으면 전화나 서신으로 연락 바라오.
> 이곳에서 아침 7시에 떠날 것이오.
> 갔다가 없으면 안될 것 같으니 미리 편지를 띄우는 것이오,
> 그럼 안녕.
>
> 6월 27일 ○○올림

이 남자가 무슨 일로 이곳에 온다고 하는 것일까 궁금했다. 남남이
된 우리 사이에 무슨 할 말이 남아있다고 여기를 온다고 하는 걸까. 시
간이 갈수록 초조해지고 설렘은 증폭되었다. 초라하게 보이기 싫어 머
리도 만지고 얼굴에도 무언가를 찍어 발랐다.

어느 정도 시간을 대조해보면서 광주역으로 나갔다. 시내에서 잠
깐 만나 무슨 말인지 들어는 봐야 할 것 같아서.

남자를 만나 다방으로 가자고 했으나 이 남자는 막무가내로 택시
를 타자는 것이었다.

"그래도 당신 집에는 한번 가봐야지."

길거리에서 실랑이를 하다가 결국 택시를 타고 우리 집으로 올 수
밖에 없었다. 보잘것없는 내 쉼터지만 이 남자에게 공개할 수밖에 없
었다. 오자마자 난 부엌으로 들어가 아침을 못 먹었을 것 같은 이 남자
에게 부랴부랴 밥을 하고 있었다. 고모에게 얻어온 김치로 찌개를 끓
여서 상도 없이 방바닥에 종이를 깔고. 밥 하는 사이 남자가 맥주를 사
와 반주가 있는 점심을 둘이서……

이 남자와 나는 무슨 이유로 단 둘이 앉아서 밥숟갈을 뜨고 있을
까. 그가 나에게 최선을 다한 남편이었을까. 온갖 폭언을 하고 떠나던
이 남자가 나에게 왜 이렇게 다정하게 대할까. 그렇다고 한들 특별히
할 말도 없으면서 왜 나를 만나러 왔을까.

우린 우적우적 밥만 입 안에 넣고 있었다. 한편 생각으론 사랑하
는 내 아이들을 맡고 있는 남자가 불쌍하고 측은해 보였다. 그것이 문

제였다.

　우리 둘의 아이들인데 나 몰라라 하고 나 혼자 빈둥거리고 있는 것 같아 차마 아이들 이야기를 꺼낼 수가 없었다. 또 아이들 이야기를 꺼냈다가 말이 이상한 곳으로 흘러갈까 봐 입이 떨어지지 않았다. 궁금한 것도 알고 싶은 것도 다 지워버리자. 이제 남남이 되었는데 더 깊이 알 필요가 없다고 생각하고 일절 말을 안했다. 아마 그때 내가 아이들 이야기를 꺼냈더라면 당장 끌려갔을지도 모를 일이었다.

　시간은 자꾸 흘러가는데 이 남자는 갈 생각 없는 사람처럼 태연했다. 조급해진 나는 등을 떠밀다시피 했으나 꿈쩍도 하지 않았다. 그러더니, 다음날 새벽에 첫차를 타야겠다면서 광주역으로 갔다.

　나는 광주역에 배웅을 갔다. 이혼 서류에 잉크도 마르지 않았는데 이건 무슨 짓인가. 정녕 우리는 헤어진 것인가. 내가 그렇게 증오하던 남편이었는데 나는 왜 그와 밥을 먹고 잠을 자고 그가 가는 길에 배웅까지 하는가. 나도 모르겠다. 나의 한쪽에선 나의 결단성 없고 낙천적인 성격에 심하게 반기를 들고, 다른 한쪽에선 그 성격을 고치는 것을 받아들이지 않고 있었다. 누가 봤더라면 무어라고 했을까. 아마도 저게 사람일까 비웃었을 것이다. 그래서 새엄마가 날 보고 맨날 간도 쓸개도 없다고 했을까. 이런 헤픈 내가 정말로 싫다.

어쩌면 내 주위에 가슴을 열어놓고 대화하며 고뇌를 같이 할 사람이 한 사람도 없었기 때문에 그나마 내 곁에 있는 남편을 끝내 놓지 못했을 것이다. 며칠 뒤 한 통의 편지가 도착했다.

○○에게

부슬비가 내리고 있소.

방금 당신 옷을 부치고 나서 영영 내 곁에서 떠난 것 같아 한없이

섭섭하오, 이곳에 와서 당신에게 갔다왔다고 솔직하게 고백하였소.

8월 2일부터 5일간 여름 휴가라서 쉬게 되는데

어떻게 될지 모르겠소.

물표를 보내니 확인하고 물건을 찾기 바라오.

물건을 받으면 받았다고 답신이나 바라오.

○○올림

그렇게 춥고 배고프던 겨울은 어느덧 여름으로 치닫고 있었다. 헐벗는 자에겐 여름만큼 만만한 계절이 없다. 하루하루가 쏜살같이 흘러

갔다. 궁색한 살림이긴 하지만 누구의 도움 없이 꾸려나갈 수 있었고 몸도 마음도 조금씩 안정이 되어가고 있었다. 그런데 또 한 통의 편지가 배달되었다. 편지를 봐야 할지 말아야 할지 망설이다가 일단 개봉했다.

> ○○에게
> 몹시 무더운 날이오.
> 그간 잘 있었소.
> 8월 2일 아이들과 같이 당신이 있는 광주에 갈 예정이니
> 어디 가지 말고 집에 있었으면 하오. 그럼 그때 만납시다.
> 어머니도 우리가 광주에 가는 거 다 알고 계시고
> 시골집에 내려가고 안 계시오.
>
> ○○드림. 7월 25일.

짤막한 글이었다.

편지를 보고 내 마음은 한껏 부풀어오른 고무풍선처럼 방향을 찾지 못하고 허우적대기 시작했다. 아이들이 온다고 하니 가슴이 콩닥거

리기 시작했다. 아이들이 온다고…… 이게 얼마 만인가. 막내를 내가 데
리고 살겠다고 간청했을 때도 일언지하에 거절하던 그가 이건 무슨 일
일까. 다시는 못 볼 줄 알았던 아이들이 온다니……. 이 남자가 나에게
베푸는 마지막 선심인가. 도대체 이런 일을 어떻게 받아들여야 할지
알 수 없었으나, 다른 건 생각할 겨를도 없이 아이들 맞을 채비를 시작
했다. 그릇을 사고 수저도 샀다. 반찬거리며 이부자리까지. 아이들이
오면 밥은 먹여야 하고 잠은 자야 할 것 같아 살림살이를 준비했다.

　이 남자의 내심이 어떻든 간에 그것은 나중 일이고 당장은 아이들
을 볼 수 있다는 그것만으로 나는 충분히 흥분하고 설렜다.

　일주일 동안 부산하게 시장을 들락거렸다. 사연이 어떻든 나는 아
이들만 보면 된다. 며칠만이라도 같이 밥 먹고 잠자고 뒹굴고 싶었다.
끝이 될지 모르는 일이니 아이들에게 최선을 다하고 싶었다.

　시간은 한치 오차도 없이 흘러갔고 남편과 아이들은 영락없이 내
앞에 나타났다. 그렇게 가슴이 아리도록 보고 싶었던 아이들이 씩씩한
모습으로 내게로 왔다. 우린 한동안 넷이서 부둥켜안고 떨어질 줄 몰
랐다. 내가 정신을 잃고 아이들을 붙잡고 있는 순간을 깨우는 남자의
목소리.

"애들 배고플 거야."

한마디에 현실로 돌아와 부랴부랴 점심상을 차렸다. 반찬은 몇 가지 없었으나 정성을 다해 준비했다. 그야말로 오랜만에 한 가족이 모였다.

온 식구가 웃으며 밥상 앞에 앉은 뜻 깊은 만찬이었다. 화려한 레스토랑도 아니고 창 넓은 주방 식탁도 아닌 비좁은 단칸방 작은 밥상 앞에 옹기종기 모여 앉은 단란한 식사시간이었다. 우리 다섯 식구 아무런 고통도 시름도 없이 그냥 밥 한 끼 먹는 행복한 순간이었다.

5일 휴가를 틈타 온 남자는 먼저 상경하고 아이들과 나는 부족함 속에서 풍요를 느끼며 며칠을 꿈같이 보냈다. 오랜만에 본 아이들에게 무엇이든 다 해주고 싶었으나 가진 게 없으니 마음뿐이었다. 마음은 아팠지만 아이들 노는 것만 봐도 즐겁고 생기가 났다. 몇 푼 남은 돈마저 며칠 만에 바닥이 났다. 아이들을 집으로 데려다줘야 하는데 돈이 떨어져서 야간열차를 탈 수밖에 없었다.

궁상스런 내 자신이 싫었다. 이 남자는 아이들을 맡기면서 왜 돈 한 푼 안 주고 떠났을까. 인색한 건지 무능한 건지. 상황 파악이 안 되는 사람일까. 내 수입이 빤히 보여 알 터인데 그는 왜 그것을 알려 하지 않은 걸까. 왜 모른 체 방관했을까. 하나에서 열까지 이해하기 어려웠으나 애들 아빠니까 남편이었으니까 나는 그를 그냥 봐주고 있었다. 언제까지 봐줘야 할까. 아이들이 내 집에 있을 때까지. 아니, 영원히, 죽을 때까지.

아마도 이 남자는 돈 없이 궁상스럽게 한 번 살아보라는 뜻이었는지도 모른다. 마음고생 해보란 뜻일 것이다. 가정파탄의 엄청난 사연 앞에서도 아이들은 웃고 떠들고 부모들의 신상에는 신경쓰지 않는 것 같은, 천진난만 그 자체였다. 그것이 더 마음 아프고 속상했다. 그동안 엄마는 어떻게 됐는지 앞으로 어떻게 할 건지 따지지도 않았다. 엄마 없이 살기 정말 힘들다고 떼라도 썼으면 좋았을 텐데, 엄마의 마음을 알고 있다는 듯이 나를 슬프게 하지 않는 것이 더 마음 아팠다.

이 밤이 지나면 엄마와도 이별이다 생각하면 슬펐을 텐데, 아이들은 그런 생각이 없는 것처럼 의연했다. 아이들이 어린나이에 이런 고초를 겪다니 가슴이 아렸다. 그래도 건강하게만 자라다오. 오직 바라는 것은 그것밖에.

그 밤은 그렇게 짧게 흘러가버렸다.

다시 십자가를 등에 지다

덜컹거리는 야간열차를 타고 우리 넷은 서울로 향했다. 바람결 같은 순간이 훌쩍 가버려 가슴이 아려왔다. 왜 나는 아이들을 보내야 하나. 칠흑 같은 여름밤의 탁한 공기가 열차 안을 식히고, 열차는 잘도 달린다.

다시는 아이들을 볼 수 없는 날이 올지도 모르는데, 아이들에게 선물도 듬뿍 안겨주고 싶고 좋은 곳에 데리고 가 구경도 시켜주고 싶었는데, 가난이란 모든 걸 무시하게 했다. 아이들과 즐길 수 있는 짧은 순간을 무의미하게 보냈다는 아쉬움에 마음이 아팠다. 제일 큰놈이 초등학교 4학년, 다음 딸이 2학년, 1학년. 정말 고만고만한 세쌍둥이 같은 아이들이었다.

아이들이 무슨 죄가 있다고 못 볼 것을 보고 있을까. 아이들에게 머리 숙여 용서를 구하고 싶은 심정. 안쓰럽다. 엄마가 세상에 없는 것도 아니고…… 어리다고 생각이 없겠는가. 마음에 두고 말 못하고 있을 것이다. 알아도 모른 체 하고 있을 것이다. 아이들이 내 아이들이어서 많이 속상하다.

생각이 꼬리를 물고 머리를 할퀴고 지나가도 기차는 아랑곳하지 않고 악을 쓰며 달렸다. 떠나는 사람도 만나러 가는 사람도 저마다의

98

사연을 담고 한데 엉켜서 긴 시간 속에 머물렀다. 물론 야간열차를 탄 것은 돈이 없어서였지만 새벽이라, 사람들이 보지 않는 시간을 택한 것이기도 했다.

아이들을 대문 앞까지 밀어넣고 돌아설 때 남자가 내 손을 꼭 잡았다.

"어머니랑 조카는 시골로 내려가고 나 혼자 있어. 여긴 당신 집이잖아. 얼른 들어와."

그러니 아이들도 덩달아 내 손을 잡고 놓지 않았다. 그네들에 의해 떠밀려 그 집으로 다시 들어가고 말았다.

이렇듯 난 또 다시 잠깐 머물렀던 시간을 뒤로 하고 남편과 자식들이 있는 곳으로 내 발을 집어넣고 말았다. 고만고만 어린 것들 앞에서 차마 매정하게 뿌리치지 못하고 나도 모르는 사이 이 집으로 들어와 주저앉고 말았다. 그래 저 어린 것들이 무슨 죄가 있나. 내 한 몸 뼈가 부스러지고 살이 찢겨나갈지라도 저 아이들만 보고 살아가자. 남편의 얄팍한 속임수에 빠졌다 한들 어찌하겠는가. 우리의 가정인 것을.

내가 만약 새롭게 태어난다면 지금의 나로는 태어나고 싶지 않다. 조금은 당차고 앙칼지며 속이 꽉 찬 여자로 태어나고 싶다. 누구의 권유에 내 인생을 내 미래를 모두 맡겨버리는 그런 어리석은 인간으로는 태어나고 싶지 않다. 하지만 이것이 나에게 주어진 십자가려니 하고 모든 걸 체념할 수밖에 없었다.

　나는 나도 모르게 부엌으로 향했다.
　한참 후 아이들 말을 들어보니 할머니가 어떤 여자를 데리고 와서 "새엄마 되실 분이시다" 하고 소개를 시켰다고 한다.

삶이 나를 속일지라도

　　의지와는 상관없이 나는 또 나를 옭아매는 불속으로 뛰어들었다. 불나방처럼 처절하게 날개를 펄럭이며,

　　내 앞에 보이는 두 갈래 길. 하나는 평온하나 가진 것 없는 가능성이 많은 길. 또 하나의 길은 가족과 모든 게 갖추어져 있으나 얽매여 살아가야 할 길. 이 두 길 위에서 아이들을 위해 한 치의 망설임도 없이 가족이 있는 길을 택했다.

　　'그곳에 그것이 있기에' 나는 어쩔 수 없었다. 남자가 그토록 나를 설득하려고 했어도 꿈쩍 않고 이혼해 달라고 돌아섰지만, 울며 매달리는 아이들 앞에서는 발길이 떨어지지 않았다. 엄마 없이 자라면서 사소한 일로 내 가슴을 후벼 파고, 사소한 일로 밤마다 남모르게 눈물로 적시던 어린 시절을 생각하니 남자가 눈에 들어오지 않았다. 아이들한테 내 전철을 밟게 하긴 차마 못하겠어서, 침을 한 번 꿀꺽 삼켰다.

　　그리고 내 가슴을 쳤다. 누가 뭐라고 하든 아이들한테 지금까지 많은 상처를 주었다. 순박하게 자라야 할 아이들을 더 이상 슬프게 하지는 말아야지. 악으로 버텨온 많은 날이 물거품처럼 사라지고 그동안의 상처도 아무 소용없이 그렇게 제자리에 서고 말았다.

펄 벅은 이렇게 말했다.

우리는 기쁨에서와 마찬가지로 슬픔에서도. 건강에서와 마찬가지
로 질병에서도. 장점에서와 마찬가지로 단점에서도. 아마도 후자
쪽에서 더 많은 것을 배울 수 있다.

몸은 아직 완쾌되지 않았다. 5년을 기다려 봐야 안다고 했지만 아
이들 셋이 모두 초등학생이니 엄마의 손길이 절실했다. 남편 또한 심
한 스트레스로 당뇨가 심해 바짝 말라서 바람 불면 날아갈 것 같은 실
정이었다. 이것이 현실이요 이 현실에서 도피하지 말자. 가다가 죽는
다면 그것도 운명으로 받아들이자. 내 생명이 살아있는 동안 가족과
동거동락해 보자.

아마도 친정에서는 간도 쓸개도 없는 년이라 했을지 모르지만 모
든 걸 내려놓으니 눈총도 따갑지 않고 비꼬는 소리도 들리지 않았다.
시어머니는 아들의 의중을 알아차리고 시골로 내려가서는 다시는 발
걸음을 하지 않으셨다.

나는 암투병 중이라는 생각은 제쳐두고, 남편의 당뇨를 완화하기

나
의
두
번
째
삶

위해 좋다는 식이요법은 무엇이든 해보는 데 혼신을 내걸었다. 남편이 나한테 한 일을 생각하면 뒤도 돌아보지 않고 갔어야 했지만 악을 악으로 갚을 수는 없었다. 무엇보다 아빠가 건강해야 아이들도 행복해질 것 같았다. 남편도 마음을 다잡아먹고, 가족과 함께했다. 심한 술과 놈 팽이 노릇도 청산했다. 우린 평화로운 삶을 살 수 있었다. 암투병을 위해 내가 할 수 있는 것은 6개월에 한 번씩 정기검진을 받으러 원자력병원에 가는 것이 전부였다. 병이 더 진전되지 않고 이렇게라도 할 수 있는 것이 행운인지 모른다는 안도감이 들었다. 우리는 가족이라는 울타리 속에 살 때 각자가 빛이 나고 완전한 삶을 사는 구성체였다. 가족 속에서 우린 점점 행복해했다.

특별한 성격으로 나를 힘들게 하는 남편이지만 나는 말리지 않고 모든 걸 참았다. 연민이든 미운 정이든 가족의 기둥이든 첫사랑의 환희였든 여러 가지 복합적인 요소들을 가슴에 간직하고 내 정열을 쏟았다. 한때는 미워하고 또한 서럽게 증오했지만 그것을 미끼로 그를 미워하거나 앙갚음하려는 마음은 없었다. 그도 남편으로서 아이들 아빠로서 최선을 다했다.

만약 내가 다른 길을 갔더라면 더 편하고 수월했을지 모르지만 더 행복했을진 모르겠다. 가보지 않은 다른 길도 있었다는 생각은 흘러가는 시간 속으로 점점 파묻혀 갔고, 커가는 아이들은 모든 걸 잊게 만들었다. 지금 생각해 보면 눈부시게 찐한 행복도 얼음장 같은 서러운 사연도 물거품처럼 세월 속으로 빠져들어갔다.

　지금까지도 그때의 내 선택에 후회해본 적은 없다.

봄날 속의 진눈깨비

요즘 봄기운이 완연하다. 늘어져있던 산수유나무 끝에 노란 아기 주먹 같은 봉오리가 생겼고 권투하자고 덤비듯 꼭 쥔 손이 점점 펴지고 있다. 길가에 곱게 핀 민들레는 꽃샘추위에도 아랑곳하지 않고 바람에 나부끼며 춤을 추고 있다.

누가 뭐라고 하지 않아도 봄이었다. 추워서 웅크리고 다니면서 어서 추위가 가기를 고대했지만 계절은 변함없이 소리 없이 찾아와 주었다.

1982년 3월

내 삶에서 몇 년 동안 평안했으니 지금쯤 무슨 고비가 다가오고 있지 않을까. 어느 봄날 문득 기우가 일어났다. 사연도 많고 굴곡도 많았으니 이제는 좀 평탄하게 살았으면 좋겠다고 염원했다.

아침부터 고향친구 모임에 간다고 부산을 떨던 남편이 옷이 마땅찮다고 짜증을 내고 나갔다. 그런데 밤이 늦도록 들어오지 않아 무작정 기다리고 있는데 전화벨이 울렸다. 병원에서 온 전화였다.

"조금 다쳤으니 안심하시고 병원으로 오십시오."

병원 쪽 전달은 차분했다. 병원으로 가는 동안 내 마음은 바싹 타들어갔다. 혹시나 하는 무서운 생각이 들면서 절망의 신음이 새어나왔다.

"제발 살아만 있게 해주세요."

누구에게인지 모르지만 빌고 또 빌었다. 발걸음은 허둥대고 나도 모르게 숨이 아파왔다. 응급실로 향했다. 간호사들이 안내하는 침대를 향한 내 눈은 나도 모르게 휘둥그레졌다. 하얀 시트에 싸여있는 남편을 보고 심장이 멈추는 듯한 다급한 신호를 보내, 그만 침대 옆에 주저앉고 말았다.

간호사들이 나를 부축하면서 "옷이 젖어서 우선 시트로 몸을 감싸 놓았는데 의식이 없는 상태입니다" 라고 했다. 그 말을 듣고 그나마 다행이다 싶어서 안도의 한숨이 나왔다. 남편은 그 길로 입원수속을 하고 병실 침상으로 옮겨졌는데, 3일 밤낮을 의식이 돌아오지 않았다. 이 남자가 도대체 살아날 것인가 아니면 이대로 식물인간이 될 것인가. 머리가 복잡했다. 젖어있는 옷을 한켠으로 모아놓고 남편의 숨소리에 온 신경을 쓰며 날밤을 세웠다. 가랑비가 내리는 병원 창밖은 왜 그렇게 음침하고 오장육부를 더듬는 진한 전류만이 흐르던지.

제발 눈을 뜨되 식물인간만은 되지 말아다오. 나도 모르게 기도를 하고 있었다. 나는 이 남자에게 받아야 할 보상이 있다. 그 보상을 받을 때까지는 살아주기를. 아니 보상은 바라지도 않는다. 아이들 아버지로서 자리만이라도 지켜주기를 바라는 간절한 마음이었다.

남편은 의식을 못 찾고 누워있는데, 하룻밤을 새고 났더니 그 다음 날은 잠이 쏟아졌다. 마음과는 달리 사람의 주기현상은 어쩔 수 없구나 싶었다. 드디어 3일째 남편은 눈을 뜨고, 푹 자고 일어난 사람처럼 꿈 이야기를 했다. 난 가장 먼저 팔을 들게 해보고 다리를 올려보았다. 감사감사 감사하게도 남편은 모든 근육을 쓸 수 있는 정상인으로 다시 깨어났다. "꽃들이 화려하게 피어있는 넓은 초원에서 부모님과 장인어른도 만났어" 라고 했다. 이 사람이 정말 저승길을 갔다왔을까 하는 마음이 생겼다. 그는 깨어나고 긴 병원생활이 시작되었다.

며칠 동안 집에 가보지 못했다. 아이들이 밥을 먹는지 학교를 가는지 생각할 겨를이 없었다. 단지 죽을 것 같았던 남편이 깨어나기만을 학수고대하고 있었으니까. 그런 시간들이 지나니 아이들이 떠오르고, 아이들이 지금 어떻게 있을까 생각하니 갑자기 마음이 급해지면서 집으로 달려가야 할 것 같았다. 그러나 낮에는 차마 병상을 떠날 수가 없어 밤 시간을 이용해 집으로 향했다.

아이들 셋이서 그래도 질서정연하게 자기 할 일들을 다하고 있었다. 나에게는 왜 이렇게 편하게 도와달라고 할 사람이 없을까. 가장 만만한 엄마가 없으니 마음을 풀어놓을 수도 없고, 그렇다고 언니나 동생도 없으니 급할 때 손 벌릴 데가 없어 막막했다.

그런 중에도 시간은 소리 없이 굴러갔다. 낮에는 생활을 짊어진 역군으로 약국일과 집안일을 마무리하고, 별을 보면서 병원 문을 들어서서 남편의 안색과 잠자리를 보살펴주고 좁은 보호자석에서 잠을 자고 나서, 다시 이른 아침 병원 문을 나섰다. 나는 초점 잃은 기계처럼 움직였다. 그는 3개월 만에 집으로 걸어 들어왔다. 한쪽 시력을 상실한 채.

그래도 아직 완쾌된 것 같지 않아 한방치료에 집중했다. 침을 맞고 뜸을 뜨고 한약을 먹고 온갖 수단 방법을 다하여 최선을 다했다. 뜸을 뜨다 발바닥에 화상을 입고 걸을 수 있는 자유마저 잃게 된 남편을 가끔 업고 다니기도 했다.

교통사고의 후유증으로 긴 시간 동안 우리 가족은 힘든 시간을 보내야 했다.

나중에 알고 보니 양재동 개발 당시 아직 아스팔트가 깔리지 않았을 때, 대여섯 명이 진흙길로 된 도로 갓길에서 한 줄로 걸었는데 뒤에서 석유차가 덤벼들었다고 한다. 서너 명이 도미노식으로 넘어졌는데 넘어진 사람 중 맨 뒤에 있던 남편이 가장 중증이었다. 그래도 아스팔트가 아니고 진흙길이어서 그나마 몸에 타박상은 없었지만, 머리를 다쳐 내가 보기엔 어딘가 온전치 못하게 느껴졌다.

시간은 멈춰있는 것이 아니고 새로운 시간을 위해 달려간다. 요즘 나는 그림 그리기를 하고 있다. 전문적으로 배우는 것은 아니고 도서관 동아리에서 색칠해보는 정도다. 그런데 수채화는 연한 색에서부터 시작해 짙은 색으로 칠해 나가는데, 유화는 짙은 색 위에 옅은 색을 칠해 그림을 완성해나간다고 한다.

인생은 어디서부터 색을 칠한 완성체일까. 내가 만일 자화상을 그린다면 무슨 색으로 끝을 맺을까. 아마도 진한 색을 덮고 연한 색으로 최후를 장식할 듯하다. 나의 검은 상처를 덮을 수 있는, 과거의 짙은 회한을 망각할 수 있도록 화사한 색으로 끝을 맺고 싶다. 지금 느끼고 있는 따사롭고 화사한 봄날처럼.

죽음으로 가는 그를 방관했다

연하게 커피 한잔을 타서 책상 앞에 앉았다. 커피 한잔의 행복이 참 좋다. 긴 세월 동안 쓰디 쓴 시련의 날도, 달콤하고 행복이 넘치던 날도 있었지만 세월은 나를 위로해주고 용기를 주었다. 시간은 모든 걸 묻게 만들었고 새로운 삶의 세계로 나를 자꾸만 끌고 갔다. 내 몸은 점점 완쾌돼 갔지만 남편은 당뇨로 점점 쇠약해져 갔다.

결국 병원에 입원을 했다. 병원에서 검사가 시작되고, 금식을 하며 이 창구 저 창구 환자를 끌고 다니는 일이 이어졌다. 결과는 당뇨로 인해 신장이 너무 많이 손상되어 되돌리기엔 늦었다는 것. 남편은 수술을 받았다. 또 만성신부전증이라는 멍에를 안고 네 시간마다 한 번씩 하루 여섯 번 신장투석을 해야만 했다.

병과의 싸움으로 온가족이 분주하게 움직여야만 했다. 연일 아이들과 교대로 병원 출입을 하고 환자의 보호자로서 모든 결정을 해야 했다. 잡념이나 생의 돌파구를 생각할 시간도 없었고 끼어들 틈도 없었다. 하루 24시간도 부족하여 연일 쪽잠을 자면서 집에서 약국으로 병원으로 오가는 나날이었다. 정신을 차릴 수 없었다. 그러나 별 진전 없이 남편은 병원생활 3개월 만에 투석액만 잔뜩 싣고 퇴원했다.

나
의

두

번
째

삶

나는 모든 과거는 지우개로 깨끗이 지우고, 가냘픈 한 생명의 꺼져가는 불빛을 살리기 위해 혼신을 다해 기름을 부었다. 제주도 구경이 하고 싶다고 하여 제주도도 가고, 진해 벚꽃 구경도 했다. 무엇이든 하자고 하면 다 들어주었다. 그리고 몇 번의 복막염 때문에 병원을 들락거렸는데 어느 날 이 남자가 투석을 중단하겠다고 고무호스를 빼버렸다. 그런 그를 나는 보고만 있었다. 왜 못하게 말리지 않았을까. 환자 간호가 감당하기 힘들어서였을까.

그는 왜 그런 결정을 했을까. 아무래도 가망이 없다는 걸 직감했을까. 아니면 구차한 인생의 생존가치를 못 느꼈기 때문일까. 그때 나라도 그를 끌고 병원으로 갔어야 했는데, 약사니까 알아서 하겠지 싶어서 남자가 하는 대로 두었다. 지금은 후회가 된다.

그는 변함없이 씩씩하게 화장실 출입도 하고 별 이상을 보이지 않았으나 이따금 나를 걱정해주는 말을 했다.

"나 없으면 당신 혼자 어떻게 살지."

"내 항문에 바람을 불어서라도 날 살리는 게 당신이 덜 고생할 텐데."

이런 말들을 했지만 나는 그 말에 별 의미를 부여하지 않았다. 그 말이 병원에 가고 싶다는 말이었는지도 모르는데 딱 부러지게 병원에 가잔 말을 안 하니까 괜찮나 보다 하고 안일한 생각만 했었다. 결혼 얼마 후부터 당뇨로, 허리통증으로 허구한 날 병약한 몸이었다. 그런데 교통사고 이후로 모든 것이 점점 더 악화돼 우리 집에서는 하루도 한약이 떨어질 날이 없었고, 당뇨에 좋다는 식이요법도 날마다 바꾸었다. 솔잎즙, 굼벵이가루, 오곡선식…… 오만 가지 정성을 들였지만 이 남자는 술 때문에 호전되기는커녕 점점 악화돼 이 지경까지 온 것이다. 그러니 나도 지칠 수밖에 없었다.

그가 영원히 이승을 떠나던 날도 아침까지 별다른 이상이 없었다.
약국에 있는데 전화벨이 울렸다. 시어머니의 다급한 목소리가 전선을 타고 들려왔다.
"약국 문 닫고 빨리 집으로 오너라."
허둥지둥 뛰어간 나는 질겁했다. 남편은 벌써 숨결이 멎었는지 안방에 뉘어지고 이불호청을 덮어놓았다. 눈앞이 캄캄하고 억장이 무너졌다. 남편의 말에 어느 정도 눈치를 챘어야 했는데 설마설마하다가 느닷없이 닥친 큰 사고였다. 남편이 그렇게 가리라고 생각 못 한 내가 바보였다. 어쩌면 죽음이 오는 걸 생각하기 싫었는지도 모르겠다.

1987년 6월 4일

남편은 아무 치료도 원하지 않고 점잖게 떠났다. 자기가 죽게 된다는 걸 인식했을 텐데 왜 병원에 가잔 말을 안 했는지 지금도 궁금하다. 더 이상 구차한 인생 살고 싶지 않았거나 가족들에게 더 이상을 부담을 주고 싶지 않았거나 둘 중 하나일 것이다. 요즘 흔히 하는 말로 존엄사를 택한 것이다.

항상 무언가 부족함을 채우기 위해 바둥대다가 제풀에 지쳐 허우적대고, 누구 탓하길 잘하고, 다른 사람을 원망하면서 자기를 옭아매고 조이고 까탈 부린 사람. 성질 급해 옆에 있는 사람 당혹스럽게 만들고 무던히 사람 속을 썩이더니만 54세 한창 나이에 세상을 하직했다.

아픈 나에게 이혼하자고 덤벼든 그가 8년 더 살고 갈 줄 누가 알았을까. 만약 그때 이 남자와 헤어졌다면 우리 아이들은 어떻게 되었을까.

머리가 하얀 상태로 며칠이 훌쩍 지나갔다. 아이들과 나만이 머무는 이 집이 왜 이렇게 휑하니 비어 보이던지 안방에 들어가기가 싫었다. 밤늦게라도 남편이 문 열고 들어올 것만 같은 생각에 소파에 넋 놓고 앉아있다가 눈물이 쏟아지기 시작했다. 울어도 울어도 눈물이 그치지 않았다. 이제 현실로 다가온 것이었다. 남편과 산 세월 24년이 몇천 년 된 것처럼, 저장되었던 필름이 마구 돌아가면서 울고 또 울었다.

　불현듯 멀리 떠나고 싶다는 생각이 들었으나 그건 실행할 수 없는 일. 복잡한 울분으로 내 뺨을 후려쳤다. 그러나 나는 점점 더 깊은 구덩이 속으로 빨려들어갔다. 밥 먹는 것도 잠자는 것도 무의식속에서 이루어졌다. 생의 마무리 아니면 사랑의 마무리. 몇 날을 눈동자만 굴렸다. 눈은 뜨이지 않았으나 그래도 일어나야 했다.

　정신없이 입속에 밥을 퍼넣었다. 그리고 온 집안을 뒤집어놓았다. 미친 듯 구석구석 끄집어내고 있었다.남편이 박혀있던 흔적들을 매몰차게 몰아내고 있었다. 그러다 정신을 차려보니 모두 다시 그 자리에 자리잡고 있었다. 장맛비가 세차게 몰아치고 있었다.

　하루아침에 남편은 가고 나는 미망인이라는 꼬리표를 달았다. 자리보전하고 있는 남편이 무슨 힘이 있겠냐 싶었는데 있고 없는 차이는 엄청났다. 기존의 아내와 여자라는 모든 굴레에서 벗어나 새로운 등짐을 지고 떠나는 방랑길을 나서야 했다. 아이들 셋. 망망대해 거센 물결 속으로 밀려가고 있는 듯 했다.

고생도 팔자 행복도 팔자 다 팔자인 것을 지금 와서 누가 알아주기를 바라는 것은 아니지만, 바보처럼 산 것만은 사실인 것 같다. 사람이 아무리 발버둥 쳐도 타고 난 운명은 거역할 수 없고 자기 운명대로 순응하면서 살아갈 수밖에 없음을 느낀다.

내 남편은 유능했다. 약사로서도 철저했고 침도 한약도 능했다. 행복해질 수 있는 여건을 갖추었건만 무엇이 불만이었는지 어딘가에 분출하는 습관이 있었다. 그러면 그런 대로 인정해주고 동조도 해주었더라면 남편은 좀 더 편한 삶을 살았을 텐데, 질책만 하는 내조를 했으니 그는 더 어긋나갔는지 모르겠단 생각이 이제야 든다. 나는 아주 미숙한 아내였던 것이다. 내가 좀 더 현명했더라면 내 남편은 자기 꿈을 펼치고 있었을 텐데 모자란 내가 이제야 정신이 드나 보다.

이렇게 내 인생의 2막은 끝나고 3막으로 향했다.

나
의

두

번
째

삶

2부

맹자씨 맹자씨

손톱 끝에 봉숭아 빨개도
몇 밤만 지나면 질 테인데

지금 내 열손가락에는 빨간 봉숭아가 물들어있다.

어느 여름날 잘 다니지 않던 아파트 길을 오르다보니 빨간 봉숭아가 탐스럽게 피어있었다. 저 꽃을 뜯을까. 그냥 갈까. 망설일 틈도 없이 내 손엔 벌써 빨간 꽃이 한 움큼 있었다. 봉숭아 꽃말은 '건드리지 마세요.'

나는 약국에 들러 명반을 사서 봉숭아꽃과 잎사귀를 명반과 섞어 꽁꽁 찧어 밤이 되길 기다렸다가 손톱에 붙였다. 랩으로 열 손가락을 씌워서 하룻밤 자고 나니 새빨갛게 곱게 물이 들었다. 물든 손톱 속으로 나는 빠져들었다.

어릴 적 우리 집은 대문 입구서부터 이어지는 널찍한 정원이 있었다. 큰 소나무도 몇 그루 있었고 동산 위엔 바위도 있었다. 그 외에 향나무며, 연산홍, 철쭉, 목련, 작약…… 다년생 화초 속에서 봄에 피는 천리향 작은 꽃은 온 동네를 향기로 취하게 하고, 넝쿨장미는 농촌의 바쁜 일손들 마음을 한가롭게 했다. 화단 가장자리 일년초들 속에는 봉숭아도 있었는데 매년 손톱에 물들이기를 좋아했다.

정원은 할아버지께서 우리 집으로 오시면서 꾸미신 것이다. 동네

에서 유지였던 할아버지는 한국전쟁 때 지리산 빨치산들을 피해 읍내
사시는 작은 아버님 댁에 은신해 계시다가 어느 정도 시국이 안정되자
우리 집으로 거처를 옮기셨다. 할아버지가 가장 먼저 한 일은 정원을
꾸미는 것이었다.

일하는 사람도 있지만, 한여름 잡초가 자라면 할아버지는 나에게
풀을 뽑게 하시고 용돈을 듬뿍 챙겨주셨다. 내가 살던 곳은 읍내를 가
려면 5리 길은 걸어야 하는 오지마을이었다. 대문만 나서면 넓은 들판
에 초록 물결이 넘실거리는 진풍경이 펼쳐졌다. 가을엔 나락이 익어가
구수한 향내가 났다.

아름다운 풍경, 그 속은 삶의 현장이었다. 모내기 때가 되면 모든
사람이 들로 나간다. 아이들도 덩달아 따라간다. 밥 때가 되면 일하는
사람 옆에 아이들이 두셋은 붙어있었다. 옷에 흙이 묻었어도 베적삼에
팬티만 차고도 상관하지 않았다. 그저 먹는다는 즐거움에 빠져있었다.
온 가족의 끼니를 논에서 때우던 때도 있었다.

추수 때가 되면 나락은 집으로 거두어들였다. 갈이를 지어 쌓아놓
은 노적은 든든한 겨울양식이었다. 기계를 예약해야 타작을 할 수 있
으니 그 기간까지는 마당에 두는 것이다. 타작이 시작되면 나락과 짚

을 가려내는데, 그때가 되면 정원의 나무 잎사귀들은 폭탄을 맞은 듯 나락의 수염과 지푸라기들로 처참한 몰골이 되곤 했다. 나무들은 비가 오기 전까지는 그냥 그대로 먼지 속에 서있어야 했다.

지금은 동생 부부가 소 300두를 키우면서 고향을 지키고 단란하게 살고 있다. 한동안 못 가던 친정엘 갔더니 옛집은 초현대식 건물로 탈바꿈하고 화려했던 정원도 간 데 없고 마당엔 잔디가 깔려있었다. 그래도 바위 틈 사이에서 예쁜 꽃들이 나를 반겨주었다.

딸이 내 손톱을 보더니 촌스럽게 그게 뭐여 한다. 지금은 매니큐어가 형형색색 종류도 많지만 그래도 난 옛것이 좋다. 옛날 그 시절 정말 꿈도 많고 해보고 싶은 것도 많았던 그 시절 그때가 그립다.

손톱 끝에 봉숭아 빨개도 몇 밤만 지나면 질 터인데
손가락마다 무명실 매어주던 곱디고운 내 님은 어딜 갔나

양현경이 부르는 노래 〈봉숭아〉는 노랫말이 구슬프고 가락도 애절하다.

믹스커피를 처음 맛봤을 때

1950년 초등학교 2학년 여름에 전쟁이 났다. 이북에서 쳐내려왔다 하는 소문은 꼬리를 물고 내가 사는 산골마을까지 퍼졌다. 동네사람들은 어디론가 피난을 가고 없었고 나와 새엄마만 동네를 지키고 있었다.

전쟁 중이라 하지만 우리 동네엔 아직 달라진 게 없으니 어머니 제사를 지내기 위해 피난 갔던 친척들이 모여들었다. 대개 여자들이었지만, 아버지도 계셨다. 제사를 마치고 모두들 한 방에서 새우잠을 자는 새벽, 대문 밖이 소란스러웠다.

모두 한결같이 파다닥 일어나 방 귀퉁이에 장승처럼 섰고 아버지는 뒷문으로 빠져나가 대밭에 숨으셨다. 결국 문이 부서지고 북한군들이 들어와 호통을 쳤다.

"야 간나새끼들!"

우리 모두는 손을 들고 슬금슬금 마당으로 나왔다. 그들은 우릴 쳐다보더니 문을 왜 안 여느냐고 한바탕 호통을 치고선 아침밥을 해오라고 호령을 했다. 여자들은 모두 부엌으로 들어갔고 아이들만 엉거주춤 서있는 사이 북한군 한 명이 따발총을 들고 닭을 쫓아다녔다. 총을 본 아이들이 소리도 못 지르고 오돌오돌 떨고 있는데 부엌에 있던 새엄마가 황급히 뛰어나가 대담하게 총을 잡고 사정을 했다.

"지가 닭을 묵게 할 텐 게 지발 총을……."

그들은 밥을 배불리 먹고는 어디론가 나가더니 학용품, 쌀, 포목, 잡다한 물건들을 다 가져왔다. 그러고는 순천 사시던 이모님이 피난 나오면서 가져온 재봉틀을 보더니만 흰 광목으로 팬티를 만들어달라고 했다. 학용품은 우리 형제들이 쓰라고 가져왔다고 했다.

우리 집에는 장교들만 있었는데 그 중에는 머리 긴 여군도 있었다. 낮에는 대청마루 문을 꼭 닫고 잠을 자고 밤이면 무엇을 하는지 모르지만 모두 밖으로 나갔다. 학교도 못 다니고, 그 여름은 공터에서 북한군에게 교육도 받고 인민가도 배웠다.

한달쯤 후, 어느 날 북한군은 고마웠다고 인사를 하고 떠나갔다. 이제는 살았나 했는데 그 이후가 더 무서웠다. 그해 여름 농사를 못 지었으니 식량이 없어 배고픔에 입에 넣을 수 있는 것은 좋은 거 나쁜 거 가리지 않고 모두 먹었다. 하물며 소나무껍질도 남아난 게 없었다. 그때 먹었던 풋대죽은 지금도 생각나는 가장 맛있는 음식이다. 밀을 껍질째 갈아 소금과 사카린을 넣고 묽게 끓인 죽인데, 그때는 그게 그렇게 꿀맛일 수가 없었다. 그때처럼 배고픈 시절은 다시는 못 만났다.

그런 와중에 서울 수복 이후 미처 북한으로 가지 못한 북한군들이

지리산에 빨치산 부대를 만들었다. 그네들도 먹을 것이 없으니 밤이면 민가로 내려와 양곡을 훔쳐가고 낮이면 국군들이 오고 해서 마을사람들은 마음 편히 잠도 못자고 공포에 떨었다.

그 겨울 사나운 추위 속의 동짓날이었다. 화순 동북으로 시집가서 사는 막내고모가 혼자 살아남아 걸어 걸어서 친정집에 온 날이었다. 고모부가 경찰이라는 이유로 시댁 식구들이 죽임을 당했는데, 우리 집에 있던 장교가 고모에게 친정이 어디냐고 물어 선처를 내린 것이었다.

그날 밤 대낮처럼 환한 불빛에 놀라 모든 식구가 일어나 옷을 주섬주섬 끼어 입고 옷가지를 싼 보퉁이를 안고 도망갈 준비를 했으나, 밖 동정만 살필 뿐 섣불리 나갈 엄두를 내지 못 내고 있었다. 나는 겁에 질려 어디로든 뛰쳐나가고 싶었는데 부모님은 가만히 있으라고 했다. 그날 밤 할아버지네 마을 가옥 세 채가 전소되었고 여자 세 명이 살해되었다고 했다. 그 중에 할아버지 집도 있었다. 할머니는 당신의 땀과 보람이 묻어있는 집이 타는 걸 보고 울부짖다가 그만 빨치산의 칼에 맞았다. 밤이라 응급조치를 못하고 있다가 새벽에 병원으로 옮겼으나 끝내 숨을 거두시고 말았다. 할아버지는 읍내 작은집에 피신해 계셔서

화를 면하셨다. 이른 새벽 동트기가 무섭게 현장에 가봤더니, 고모 보러 간다고 할머니 댁에 갔던 작은오빠는 자다가 봉변을 당하고 불 앞에 내복바람으로 쪼그리고 앉아있었다.

　한국전쟁은 누구에게나 절망과 공포 그 자체였다.

　점점 정국이 회복되고 모두가 정상으로 돌아왔다. 그때 배고픔을 달래기 위해 읍사무소를 통해 구호품이 많이 나왔으나 별반 쓸 만한 게 없었다. 신발은 하이힐이었고 옷은 정장이었으니 농촌에서는 그림의 떡이었다. 그러나 전지분유와 깡통에 든 양초, 믹스커피는 환영받았다. 믹스커피는 봉지가 세 개가 달려있었는데, 한 봉은 우유, 한 봉은 설탕, 다른 한 봉은 쓴 가루가 들어있었다. 그때 그 가루가 무엇에 쓰는 것일까 무척 궁금했으나 아는 사람이 없었다.

　그리고 흘러간 세월 속에서 그 쓴 가루도 잊혀갈 때, 그러니까 십오륙 년이 지나고 남편과 처음 데이트를 하면서 다방에 들어가 마셔보고야 알았다. 그 쓴 가루가 커피였다는 것을.

할아버지의 신문

　할아버지가 우리 집으로 오시고부터 나는 할아버지의 단독 신문 배달부가 되었다. 공부가 끝나면 신문 오기만 기다리시는 할아버지 때문에 시내 중심가에 있는 지국에 가야 했다. 그 때문에 친구들과 놀아보지도 못하고 학교가 마치면 곧바로 집으로 가야 했다.

　왜 신문을 볼까. 그 속에 무엇이 들어있기에 매일 신문을 볼까. 가끔은 나를 힘들게 하는 죄 없는 신문을 원망하곤 했다. 어쩌다 친구들과 재잘대다 그만 지국 가는 걸 깜박 잊고 다시 오던 길을 되돌아가야 할 때도 있었다. 그럴 때면 맥 빠지고 짜증이 나면서 내 자신이 서글퍼졌다. 신문 때문에 항상 외톨이처럼 통학해야 하는 현실 앞에서 무슨 벌을 받고 있다고 체념할 때도 있었다.

　학교와 우리 집과의 거리는 5리 길이었다. 족히 한 시간은 걸린다. 자갈이 깔린 신작로 길이라 차가 지날 때마다 흙먼지가 나를 감싸고 길가엔 민가도 없었다. 들판 길을 지날 때도 산등성이를 구비 돌고, 몇 산을 넘어가야 하는 썰렁하고 황량한 길이었다. 고학년 때는 수업이 늦게 끝나 캄캄해서 집으로 오면 산속에서 도깨비불이 번쩍거렸다. 가슴이 조여들었다. 전쟁통에 희생된 사람들이 산에 무더기로 묻힌 곳이 많아 여러 가지 유언비어도 돌고 어수선했다. 나는 무서운 밤길을 혼자서 다녔다. 동네에 아이들은 많았으나 학교 다니는 학생은 몇 되지 않았다. 더군다나 여자는 세 명. 학년이 다 다르니 오는 시간도 각각이었다. 지금 생각해도 그 길을 어린 학생들이 어떻게 다녔을까 까마득한 생각이 든다.

할아버지는 무서웠다. 인자함과는 거리가 멀었다. 눈썹이 짙고 눈이 커서 무섭게 생기셨을 뿐 아니라 호통 한번 치는 날이면 온 동네가 울렸다. 그러니 응석이란 있을 수 없고 변명도 통하지 않았다. 나도 할아버지 앞에만 가면 오금이 저렸고 동네사람들도 할아버지와 마주치면 제대로 걷지 못하고 비켜 걸었다.

그런 할아버지였으니 생신 때가 되면 아버지는 최선을 다해 잔치를 베풀었다. 돼지며 소도 잡고 소주도 집에서 내렸으며 기생도 두세 명이 왔다. 우리 동네뿐이 아니라 인근 마을까지 이삼 일은 잔치가 벌어지곤 했다.

초등학교 졸업과 동시에 나의 신문배달은 끝이 났고 다음 타자는 동생이었다. 그렇게 신문과의 인연으로 인생의 고뇌를 알았지만 한편으로 마음의 양식을 쌓아갔다. 지겹게 신문배달이 싫었는데, 어느 때부터 나는 신문을 읽지 않는 날이 없었다. 신문 속에 무엇이 들어있나 했는데 신문 속에는 사회의 모든 것이 들어있었다.

할아버지는 하루에 한 번 동네 한 바퀴를 도는 운동시간을 지키셨다. 거의 한 시간씩 돌고 오신다. 나가시면서 "내 방 청소해라" 하시면, 나는 모든 일 팽개치고 할아버지 방으로 건너가 신문을 펼쳐 시사만화부터 봤다. 만화지만 네 칸 속에 모든 것이 함축된 풍자만화였다. 그리고 연재소설 속에 빠져 나는 어느결에 소설 속 주인공으로 변모한다.

바쁜 농촌 생활 와중에도 신문을 챙겨서 봤다. 그 시간은 넓은 미래를 꿈꾸는 시간이었다. 또한 글을 써보고 싶다는 문학소녀의 연한 실마리가 시작된 시간이기도 했다. 그 한 시간 동안은 나만의 시간이었고, 사회와 소통하는 시간이었다. 그 시간은 나에게 기쁨이며 희망이었고 휴식 속에 오는 여유로움이었다. 식구들은 아무리 바쁜 일이 있어도 그 시간만큼은 방해하지 않았고 배려해주었다. 그런 값진 시간이 있었기에 지금 이렇게 글을 쓰고 있는지 모른다. 요즘도 나는 신문을 구독한다. 옛날처럼 감동을 느끼지는 않지만 습관처럼 신문이 없으면 막막하다.

이왕 할아버지 이야기가 나왔으니 이야기를 마무리짓고 싶다.

'국민회장'이란 직책을 갖고 있던 할아버지는 전쟁 중 고문을 많이 당해 한약이 끊일 날이 없었고 쑥뜸은 일과였다. 내가 수행비서처럼 모든 일을 도맡아 했으니 뜸뜨는 일도 내 몫이었다. 뜸을 뜰 때는 항상 긴장한다. 살갗 위에 쑥을 얹고 불을 붙여 타들어가게 하니, 쑥이 조금만 많이 타도 살이 타 놀라고, 조금 적게 타면 감각이 없으니 한 말씀하셨다.

그 옛날 그렇게 자기관리를 철저히 하신 분도 드물었다. 할아버지는 당신 논이 따로 있어 풍족한 용돈을 쓰셨다. 특별히 고기반찬이 잡숫고 싶으면 일꾼이 바쁜 일을 해도 개의치 않고 읍내에 가서 사오게 해 드셨다. 방 다락에는 항상 군것질거리가 많았으나 우리가 먹어본 적은 없었다. 그런가 하면 급전이 필요한 사람에게는 두말없이 돈을 들려보냈었다. 언제나 당당하시고 누구에게나 베풀 수 있는 능력이 되니, 그 없던 시절 목마른 이에겐 단비 같은 존재였다.

할아버지는 어느 날 몸이 불편하다고 자리에 누워 서울 사는 큰오빠 내외까지 불러들였는데, 일주일 만에 몸이 거뜬해졌다고 일어나셨다. 그리곤 문병 오신 분과 오랜 시간 환담을 나누시고 잠자리에 드셨다. 뒷날 아침 늦도록 인기척이 없어 동생이 건너가봤다.

동생은 얼굴이 질려 그 방에서 나왔다. 사람의 생과 사는 순간이었다. 그렇게 곧고 당당하신 분이 유언 한마디 없이 정말 잠자듯 가셨으니 삶이란 어쩌면 오늘도 내일도 죽음을 향해서 달려가고 있음이다.

할아버지는 항상 품위를 지키신 분답게 끝까지 정갈하게 가셨다. 오일상을 치르고 조석상식 3년은 내 몫이었다. 아침저녁 상방에 가서 촛불을 켜고 상식을 올렸고 초하루, 보름은 온 식구가 상복을 입고 동이 트기 전 곡을 하고 상식을 올렸다.

이 글을 쓰다 보니 옛일들이 새록새록 주마등처럼 스쳐간다. 내가 살아온 과거는 지금쯤 어디로 갔을까. 사람 사는 도리의 기본인 줄 알고 지켰던 사연들이 지금은 사는 데 아무 필요없는 잔재가 되었으니 사람 사는 일이 한낮의 뜬구름 같기도 하다.

고향에도 지금쯤 뻐꾹새 울겠지

내가 나고 자란 곳. 지금도 생생하게 기억나는 주소지 전라남도 보성군 보성읍 용문리 ○○○번지. 녹차 밭으로 유명한 보성 읍내에서 5리 길을 걸어 들어가야 하는 오지마을이다. 옛날에 소 장터가 있던 곳이라 하여 "소막두리"라고도 하고 "소전거리"라고도 하는, 가구 수가 적은 전형적인 시골마을이다. 마을 뒤로는 나지막한 산이 있어 동네를 감싸고, 멀리 유유히 흐르는 보성강이 한눈에 보이는 고즈넉한 농촌이었다.

마을 앞에는 작은 개울물에 빨래터가 있어 누구든지 이곳에서 빨래를 했다. 빨래터는 누구네 집에는 무슨 일이 있고 점심엔 무얼 해먹는지 사소한 뉴스거리를 들을 수 있는 방송국이었다. 여름에 이 개울은 아이들 수영장이었고 밤이면 아낙들의 목욕터였다. 겨울이면 뜨거운 물을 한 동이 가져와 찬물에 빨래를 하다 손이 시리면 뜨거운 물에 손을 담가 녹여가면서 그 많던 식구들의 빨래를 맨손으로 했었다.

개울 건너엔 넓은 들판이 한꺼번에 시야에 들어온다.

이른 봄이면 연보라빛 자운영꽃이 들판을 물들여, 내가 한 폭의 수채화 속 주인공이 되어 자운영을 베어 나물로 무쳐먹기도 했다. 모내기가 시작되면 푸른 물결이 파도처럼 밀려오고 못줄 잡는 일꾼들의

131

"자!" 하는 못줄 잡는 소리가 들판을 메웠다. 가을이 되면 누렇게 익은 황금 들판에서 아이들의 참새 쫓는 소리에 하루해가 저무는 그곳이 내 고향이다.

어린 시절 고향마을의 정서적 풍경화는 생각만 해도 가슴이 따뜻 해지고 순수한 마음들이 넘쳐나는 곳이다. 삶은 그런 풍경화 속의 그 림과는 달리 참 배고팠었다. 전쟁을 치르고 먹을 것이 없던 시절이었 다. 소나무 껍질도 들판에 난 풀도 산속의 잡초도 무엇이든 눈에 보이 는 먹을 만한 것은 모두 다 입으로 들어갔다. 허기를 채우기 위해서 아 이들 공부는 뒷전이었다. 입을 것도 제대로 없는 시절 아이들도 나무 를 하러 산을 오르고, 나물을 캐며 들판을 헤맸다. 이른 봄, 보릿고개라 고 하는 그때는 물처럼 생긴 보리죽으로 끼니를 때우고, 보리가 알이 차오르면 불에 그을린 보리송이를 손으로 비벼 배를 채웠다. 얼굴과 손이 그을음으로 새까매지고 흙투성이가 된 옷을 입고도 아무 거리낌 없던 시절이었다.

그런 동네에서 나고 자랐다. 결혼할 때까지도 아무것도 달라진 게 없었다. 호롱불 밑에서 장작을 때어 밥을 하고 우물에 가 물을 길러다 먹었다. 그래도 고향 하면 아련한 기억들이 생생하게 솟아 어머니 품속처럼 항상 정겹고 아늑하다. 늘 가보고 싶은 꿈만 같은 곳이다.

얼마 전 고향친구가 휴대전화 문자로 이런 글을 보냈다.

"타향에 와서 사귄 친구는 아무리 오래 사귀었어도 어느 순간 멀어지는데 고향친구인 자네와 나 사이는 가슴속 깊은 곳까지 감수할 수 있는 진정한 친구인 것 같네."

그래서 고향친구는 오래 묵은 장맛 같은 진한 맛을 내는지 모른다. 남편에게 털어놓을 수 없는 말도 우리 둘이는 서슴없이 터놓을 수 있으니 말이다.

그 친구가 작년에도 찹쌀과 멥쌀을 20킬로그램씩 보내더니 올해도 보내주었다. 받아먹어서 좋은 게 아니고 서로서로 정을 나누는 진정한 친구가 있다는 것이 내 마음을 따뜻하게 만든다. 친구야 우리 오래오래 건강하게 살자.

'고향에도 지금쯤 뻐꾹새 울겠지.'

내 마음속에 살아 숨쉬는 그분

평생을 살면서 마음속으로도 사랑한다고 말해보지 못했다.

'사랑'이란 말은 아름답고 강렬하다. 사랑한다면 그 누구와도 척을 질 수 없고, 어떤 일이라도 화해할 수 있는 단어다.

"어머니 사랑합니다."

항상 외쳐보고 싶었던 말이다.

어머니는 아들 셋을 낳았으나 마지막 남아아이는 죽고 그 밑으로 나를 낳아 두 분은 무척 좋아하셨고 세상에 없는 딸로 키웠다. 여섯 살에 읍내에 있던 유치원에 다녔던 생각이 난다. 무용을 배우기도 했다. 유치원은 보성경찰서 건너편에 있었던 것 같다.

어느 날 유치원에서 누구와 왔는지는 생각이 안 나는데 집에는 못 들어가고 골목 어귀 주막집에서 하룻밤을 자고, 이튿날 그 주막집 할머니 손을 잡고 우리 집 대문에 들어서니 많은 사람들이 대청마루며 툇마루에 서있었다. 그런데 모두들 울고 있었고 나를 본 사람들은 더 슬피 울었다. 어머니가 돌아가신 거였다.

어머니는 폐렴을 앓았는데 왕진 온 의사에게 처음 나온 페니실린

주사를 맞고 쇼크로 그만 세상을 떠나셨고, 내가 간 그 순간은 입관을 하고 있었다. 나에게 마지막 하직인사를 시켰다. 아버지, 오빠 둘 모두 모두 슬피 울었다.

어머니는 나를 두고 어찌 눈을 감으셨을까. 생을 마감하는 어머니 가슴에 무거운 짐덩이가 얹혀있었을 것이다. 고만고만한 어린 자녀 셋을 두고 불식간에 죽음으로 몰렸으니 그 눈꺼풀이 내려앉지 않았을 것 같다.

나이 여섯 살에 어머니를 잃고 내 어린시절은 서러움과 통한의 시간이었다. 방황의 늪을 헤매고, 회색빛 암울한 겨울만 계속되는 것 같았다. 어머니도 딸을 낳았다고 좋아하셨고 예쁘게 키워보려고 했겠지만 운명은 누구도 이겨볼 수 없었을 것이다.

6월 소낙비가 몹시 쏟아지던 날 어머니의 장례가 치러졌다. 음력 6월 15일이 우리 어머니 제삿날이다. 우리 모녀의 관계는 그렇게 짧은 시간에 끝나고 말았다.

일곱 살 함박눈이 쏟아지던 날 우리 집에 잔치가 벌어졌다. 새 신부가 들어온 날이다. 천막이 쳐지고 마당엔 멍석을 깔아 친척들이며 동네사람들이 먹고 마시는 흥겨운 잔치였다. 안방에는 원삼 족두리를 쓴 새 신부가 다소곳이 아랫목에 앉아있고 신부 앞에는 화려하게 차려진 교자상이 놓여있었다. 동네사람들이 나에게 "네 새엄니여" 할 때 나는 어쩐지 든든한 느낌을 받았다. 초등학교 입학하고 학교에서 "어머니 없는 사람 손들어 봐" 하는 선생님의 말에 손을 든 학생은 나 혼자였다. 나는 서글펐다. 그 많은 학생 중에 왜 나 혼자 엄마가 없을까 부끄럽기까지 했었는데, 엄니라는 단어가 주는 어감은 포근했다. 나만 없던 엄마가 나에게도 생겼다는 안도감 같은 것. 나는 마음이 들떴다. 천진한 철부지였다.

그때 아버지 연세 마흔다섯. 스물여덟살인 나이 차이가 많은 젊은 여인에게 처녀장가를 가신 것이다. 처가에 집을 사주고 아들 노릇하겠다는 의미로 여동생들도 우리 집에서 거의 다 살다시피 했다. 아버지는 공무원이어서 거의 매일 퇴근이 늦었고 위로 오빠들이 있었지만, 어릴 때 나에게 별반 위안이 된 기억은 없다.

"신은 모든 곳에 있을 수 없어서 어머니를 만들었다"고했는데 그런 어머니와 함께 할 수 없었으니 나는 참으로 슬펐다.

친엄마와는 6년, 새엄마와는 16년 세월을 살았는데 새엄마한테 따뜻한 정을 느낄 수 없었다. 정으로 산 것이 아니고 의무로 살아서 그런 것이 아닐까. 16년 사는 동안 즐거운 일도 있었겠지만 밤마다 베갯잇을 적시며 울던 일밖에 기억나지 않는다. 울면서 친엄마를 그렸다. 내 앞에 잠시 잠깐만이라도 다녀갔으면 하는 기대 아닌 기대를 하며 평생 짝사랑을 했었다.

짝사랑의 고뇌와 슬픔, 좌절감이 어떤 것인지는 나만이 느낄 수 있는 것이었다. 비가 오는 날이면 비를 보며 슬펐고 눈이 오면 손이 시려 슬펐고 즐거우면 즐거운 대로 보고 싶어 슬펐다. 나이가 들어서도 마찬가지였다. 어머니의 따듯한 품속을 찾아들어가 안겨보고 싶은 마음은 영원할 듯하다.

이제 마음속으로나마 말하고싶다.

"그래도 당신이 있었기에 모진 풍파속에서 꿋꿋하게 버틸 수 있었습니다. 당신이 내 뒤에서 지켜보고 있기에 모두가 가능했습니다. 어머니 사랑합니다."

한 여자로 태어나 누구의 딸로 살다가 누구의 아내 누구의 어머니 그리고 누구의 할머니가 되었다. 두 어머니의 추억 중 한 분은 사진 한 장 없어 얼굴 윤곽조자 생각나지 않아 어머니라고 불러도 허공 속에서 맴돌다가 꺼져버린다. 또 한 분 어머니는 항상 잘해준 듯했으나 지나고 보니 의무적이었다. 그분도 어머니였다.

맹자씨 맹자씨

　나의 아버지는 멋쟁이셨다. 매일 아침 깔끔한 양복차림으로 출근
하시는 아버지는 온 동네 선망의 대상이었다. 아버지는 얼굴도 곱상하
게 잘생기셨고 도시인 못지않게 하얀 피부를 가졌으며 말수가 적고 점
잖으신 분이셨다. 엄한 할아버지 밑이라 우리에게 큰 소리 한번 내지
못한 인자하신 분이셨다.

　아버지는 일찍부터 읍사무소에 취직을 해 농사일이라고는 아무
것도 할 줄 몰랐을 뿐 아니라 할 시간도 없었다. 아버지 손은 항상 보드
라운 비단결 같았다. 밝은 성격만큼 직장생활도 잘해 읍장님 마음에
들었던지 아버지는 읍장님 큰 따님과 결혼을 했고 승진도 빨랐다. 학
교 다닐 때 아버지 직장엘 찾아가면 용돈을 주시곤 해서 내가 다른 아
이들보다 더 풍요로운 유년시절을 보냈는지도 모른다.

　아버지는 큰아들이었으니 당시의 풍습에 따르면 부모님을 모셔
야 했지만, 어머니는 읍내의 도우미도 있는 집에서 자라고 농사일이며
부엌일을 해보지 않았으니 농촌인 시댁에 적응하기가 힘들었던지 할
머니가 쌀 한말 주어 다른 동네 문간방에 신접살림을 내보냈다고 한다.
그해 겨울 당장 땔감이 없어 두 분 체온으로 한겨울을 지냈다는 후일

담을 들을 수 있었다.

　그러나 어떻게 해서 큰 집에 살게 됐는지 모르지만 내가 철들고 우리 집은 동네에서 꽤나 큰 집에 살았다. 아버지가 퇴근길에 동네어귀에 들어서면 "맹자씨 맹자씨"를 불러대서 인근 동네에까지 내 이름 모르는 사람이 별로 없었다. 고명딸이라 하여 귀여움을 독차지하고 살았다.

　어머니가 돌아가시고 내 나이가 일곱 살이 되어 초등학교 입학을 하면서 아버지는 나를 더 세심하게 보살펴주었다. 아침 일찍 세수를 씻기고 다리에 나를 눕혀 머리도 감겨 빗겨주시고 등교할 채비를 도맡아 해주셨다.

　초등학교 입학하고 가방 없이 등교해도 되는 며칠이 지나 책을 가져 가야 하는 날이 되었는데 책을 쌀 만한 보자기가 없었다. 온 집안을 다 뒤졌지만 쌀 만한 게 없으니 명주 다듬이할 때 싸는 풀이 빳빳하게 매겨진 무명천에 책을 싸주어 학교에 안 간다고 울고불고하다가 학교에 간 일이 어렴풋이 생각난다. 엄마 없는 집에서 볼 수 있는 준비 없는 자녀 통학풍경이었다. 그날 밤 아버지는 뚜껑 달린 가죽 책가방을 사오셔서 나는 전교에서 몇 안되는 가방 맨 학생이 되었다.

그때처럼 아버지가 나를 안고 우신 적도 없었으리라.

아버지와 딸이란 관계. 귀엽게 키우고 싶었겠지만 아내가 없이 세 자녀를 키우기는 힘드셨는지 일년이 지나고 새장가를 드셨다. 그리고 이복동생들이 생기고 아버지와의 관계는 무척 멀어진 듯 했고, 이미 대화도 끊긴 부녀 사이가 되었다. 그러나 나를 쳐다보는 아버지의 눈빛은 항시 연민 가득 찬 애잔한 빛이었다. 내가 결혼할 때도 못마땅해 반대했으나 결국 나의 의견을 존중하고 배려해주신 분이었다.

허전하고 쓸쓸한

1949년 새엄마는 홀어머니와 여동생을 편히 살게 하기 위해 전실 자식이 셋이나 있는 집에 시집을 왔다. 그 시절엔 노처녀라 불리는 스물여덟 살이었다. 일본에서 고등교육을 받고 직장생활을 한 딸 넷 중에 둘째 딸이었다. 언니는 일본에서 결혼해 가정을 이루고 있다고 했다. 전실 자식의 아이들은 큰아들이 열일곱, 둘째 아들이 열넷, 막내인 딸이 일곱 살이었다.

거기다 전쟁으로 할아버지까지 우리 집으로 오시게 되어 새엄마의 짐이 늘어났다. 할아버지는 성품이 엄하고 대쪽 같으셔서 누구든 꼼짝 못했다. 거기다 한창 사춘기인 아들 녀석들을 어떻게 감당했을까. 둘째 오빠와는 맞서 싸우거나 오빠가 대드는 장면도 자주 보았다.

새엄마는 결혼하자마자 바로 임신을 해 그 이듬해 가을 출산을 하려고 방 아랫목에서 배를 움켜쥐고 고통스러워했고, 윗목에서는 숙조모님이 정화수를 떠놓고 촛불을 켜고 조왕신께 손이 발이 되도록 빌었다. 가정에서는 조왕신이 큰 위력을 가지고 있었던 모양이었다. 그런 염려 덕분으로 첫아들을 순산했다.

어린 나는 그 애한테 푹 빠져 밤잠을 설치면서 애를 업어 재우기도 하고 시키지도 않아도 개울가로 가서 기저귀 빨래를 빨며 온 정성을 다했다. 아기를 안고 있으면 나는 향긋한 젖 비린내에 빠져서였을까. 정 줄 곳이 없다 보니 그 애한테 온 정열을 쏟은 것일까. 아무튼 그 애가 사랑스러웠다.

그 뒤로 새엄마는 아들 둘을 더 낳고 막내로 딸을 낳았다.

그렇게 우리 형제는 모두 칠남매가 되었다.

아버지는 공무원으로 농사일은 어떻게 돌아가는지 모르고 할아 버지도 농사나 경제 일에는 모두 손을 놓아, 새엄마는 머슴 둘과 도우 미 둘을 데리고 대식구에 농사일까지 돌봐야했다. 강단 있고 수완이 좋아 종갓집 며느리 몫을 잘해냈다. 많은 식구에 종갓집이니 집안은 항시 잔칫집 같았다. 객식구들이 떠나지 않았고 생일잔치며, 제사음 식, 시제까지 치르는 뒷날이면 으레 동네잔치가 벌어졌다.

유년시절 나는 새엄마를 도와 부엌일을 곧잘 했는데 아궁이에 불 을 땔 때면 나를 부르곤 했다. 땔감은 처음은 장작이었고 그 다음은 일 꾼들이 산에서 해온 나무를 때다가, 한국전쟁이 끝난 뒤로는 산은 민 둥산이 되어 녹화사업이 시작되고 나무를 구할 수 없어, 톱밥, 왕겨를 풍로로 불어 땠다.

나는 불 때는 게 따분해서였던지 부뚜막을 장구 삼아 두드리며 신나게 노래를 부르곤 했다. 노래가 절정에 오르면 더 세차게 부뚜막을 두드렸는데, 그러다가 너무 과했던지 혼이 나기도 했다. 혼난 것이야 부지기수였다.

아련한 기억들이지만, 때로는 즐거웠고 때로는 우울했고, 때로는 기가 막혀 극단적인 생각까지 한 적도 있었다.

그리고 아버지가 돌아가셨다.

그때는 유언 한마디 못하고 돌아가신 아버지를 애통해했는데 지금 생각해보면 새엄마는 어린자식들을 보면서 얼마나 허무하고 기가 막혔을까. 새엄마의 마음을 헤아리지 못했다. 그때 동생들이 모두 학생이었으니 새엄마는 그들을 위해 전력을 쏟았다. 아마도 입에 든 것까지도 빼내어 자식들을 위해 줄 정도였을 것이다. 그렇게 동생들 모두를 든든한 사회인으로 만들었다.

큰아들은 많은 농사를 물려받고 한우를 삼사백두 이상 키우는 부농을 이루고 있다. 둘째는 대학의 영문과 교수로 있으며, 셋째 아들은 중소기업 오너로, 막내딸은 잘나가는 사업가 사모님으로 다복한 가정들을 이루고 있다. 이렇게 되기까지 새엄마는 자식들에게 최선을 다

했을 것이다. 그리고 새엄마는 당신의 큰아들과 30년이 넘게 같이 살았다.

그러나 어떻게 된 연유인지 모르지만 여든이 다 되어 읍내에 작은 아파트를 구입해 새살림을 차렸다. 농사일로 밤낮으로 들로 나다니다 아파트에 있으니 할 일도 갈 곳도 없어 노인정을 출입했었다. 그러다가 그곳마저 마땅찮았는지 가시질 않으셨다. 그리고 그렇게 싫어하던 요양병원에 계시다가 어느 날 홀연히 하늘나라로 떠나셨다. 생전에 화려하게 장례를 치러줄 것을 당부하셨다. 그 유언으로 화려하고 넓은 장례식장에서 마지막을 마치셨다.

굽이굽이 사연 많은 한 여자의 일생이 한줌 흙으로 떠나갈 때는 모든 것 다 내려놓고 빈손으로 떠나감을 새삼 느꼈다. 많이 가진 자도 아무것도 없는 자도 마지막 가는 길은 흙으로 갈 수밖에 없음이었다.

이 글을 쓰고 있는 동안 도서관 창문 너머 가을비가 소리 없이 내리고 있다. 그렇게 무덥던 여름 햇볕에도 푸르게만 있더니 서늘한 바람에 그만 나뭇잎은 낙엽이 되어 한잎 두잎 떨어져 뒹굴고 있다. 푸르렀던 시절엔 영생할 것 같더니 세월은 무엇이든 그냥두지 않는다. 그렇게 그렇게 다 떨어져 벌거숭이가 되어가는 것이 어쩌면 우리 인생 살이와 똑같다.

　험악한 시절도 꼼짝 않고 버텨왔는데, 이제 평온한 날만 계속되는데 내 모습은 가을나무처럼 볼품없어지고 지나간 추억만 아쉬워하는 게 아닐까. 날씨 때문인지 허전하고 쓸쓸하다.

도시로의 여행을 꿈꾸며

　　중학교 3학년 졸업이 가까워질 무렵 고등학교 진학할 학생들은 원서를 산다고 웅성거렸으나 나는 새엄마의 엄포로 원서 살 엄두도 못 냈다. 고등학교 진학은 꿈같은 일이었다. 원서 사는 아이들만 부러워하고 있는데 옆 친구가 광주의 여자고등학교 원서를 샀는데 시험 보러 갈 형편이 못된다고 원서 살 사람을 찾고 있기에 나는 뒤도 생각하지 않고 "그거 나주라" 하고 말해버렸다. 수업이 끝나자마자 아버지에게 달려가 이야기하니 아버지도 두말없이 원서비를 주셨다.

　　중학교 내내 고등학교 갈 생각 없이 학교 갔다오면 책가방 내던지고 동생들 뒤치다꺼리며 집안일을 거들었다. 농촌이라 엉덩이 붙이고 앉아 공부할 시간도 없었지만 혼자 조용히 집중해서 공부할 공간도 없었다. 우리 열 식구에 부엌 도우미가 둘이니 매일 어수선한 잔칫집 같았다. 끼니때가 되면 부엌마루에 밥상만 해도 대여섯 개, 전쟁 아닌 전쟁이었다. 아침 등교시간엔 밥이 다 될 때까지 기다리지 못하고 설익은 밥에 김치 국물을 말아 먹고 갔던 때도 많았다. 그러니 큰 맘 먹지 않으면 공부는 펼쳐보지도 못했다.

　　거기다 떠돌이 남자가 우리 집에 상머슴으로 들어왔다. 저녁을 먹고 나면 겨울 긴 밤 사랑방에서 상머슴은 멍석을 짜고 작은 머슴은 새끼를 꼬았는데, 사랑방에 고구마를 삶아 들고 가면 이야기가 술술 끝도 없이 나왔다. 상머슴은 입담이 좋아 한 번 이야기를 꺼내면 나도 모르게 그 속으로 빠져들어 잠자는 것도 잊고 이야기를 들었다.

고등학교에 진학할 생각을 아예 안한 내가 무슨 배짱으로 원서를 사 손에 쥐고 좋아했는지. 그래도 그때 당찬 구석도 있었던 모양이다. 원서를 사온 나를 보고 새엄마도 별말이 없었다.

시험 날이 가까워졌다. 우리 반 전체에서 일곱 명이 광주와 순천의 고등학교에 지원했다.

"광주에 사는 고모집에 연락해놓았으니 광주역에 가면 고모가 나와있을 거다."

아버지께서 주시는 명태 한 축과 선물들을 들고 광주행 열차를 탔다. 자동차도 타본 일이 없는데 기차를 탄다는 것은 큰 행운이었다. 사실 나는 시험에는 별 관심이 없고, 광주에 가는 기차를 타보기 위해 고등학교 원서를 산 것이라 여행을 떠나는 것처럼 마음이 들떠있었다.

그런데 종착역이 다가오는데 남광주역과 광주역이 있는 줄은 꿈에도 몰랐다. 다른 친구들은 남광주역에서 다 내린다고 하는데 만약 고모가 안 나온다면 난 어떻게 되는 거지? 거기까지 생각하니 친구와 떨어지기가 싫어 나도 따라 내려버렸다. 고모는 나와있지 않았다. 그 친구도 아무도 나와있지 않는 나를 떼어놓고 갈 수가 없었던지 "그럼 나가는 데로 갈래?" 했다. 선택의 여지가 없었다.

그 친구를 따라 모르는 집에 가서 신세를 졌다. 그 집에는 그래도 그 친구가 혼자 잘 수 있도록 방을 마련해두어서, 우리 둘이는 한방에서 지낼 수 있었다.

광주는 어떤 사람이 살까? 호기심이 발동해 동네 이곳저곳을 여행자처럼 서성이고 다녔다. 아이들 노는 것도 구경하고 나에게는 신나는 여행이었다. 광주라 해도 사람 사는 일은 별로 다르지 않았다.

첫날은 예비소집, 둘째 날은 본고사, 다음날은 집으로 돌아오는 날이었다. 숙박비도 없이 남의 집에서 2박을 하고 아버지가 싸주신 선물을 숙박비로 대신했다. 시험이야 어떻게 되든지 나는 기차를 타고 여행을 다녀왔으니 소원을 성취한 셈이었는데, 다행히 시험에 합격했다는 통지서를 받았다.

설날 풍경

지난 겨울은 엄청난 추위로 온 세상이 얼었으나 그래도 시간은 흘러갔다. 설날이 코앞이니 아들 집으로 가야 하는데 길 떠나는 인파에 밀려 세 시간을 가야 하기에 가지 말아버릴까 하다 발길을 내딛었다. 섣달 그믐날이어서인지 전철 안은 별로 붐비지 않았다. 조용한 공간에 앉아있으니 옛날 설날 생각이 떠올라 까마득히 먼 과거로의 여행을 떠나보았다.

명절이 돌아오면 한 달 전부터 바빴다. 찹쌀가루를 삭여 유과를 만들고, 고슬고슬하게 한 밥을 씻어 말려서 튀겨 강정을 만들고, 약과며 정과도 미리 만들어두고, 시루에 물을 주어 콩나물과 녹두나물도 기르고, 메밀묵도 쑤고, 쑥인절미와 콩인절미도 절구통에 찧어 만들고, 떡국은 읍내 방앗간에서 일주일 전에 뽑아와 밤을 새며 가래떡을 썰었다.

장날이 되어 동생들 설빔이라고 옷 한 벌씩과 신발을 사오시면 동생들은 그 옷이 빨리 입고 싶어 장롱문이 수시로 열렸다. 나도 동생들 못지않게 꽃분홍 인견 치마와 아이보리색 저고리를 새로 지어놓고 설날을 기다렸다.

설날 아침 동이 트기 전, 대청마루에 상을 차려 떡국 열두 그릇을 올리고 차례를 지내고 우리 모두는 할아버지 방으로 건너갔다. 아버지 어머니는 툇마루에서 세배를 드리고 손자손녀는 방에서 세배를 드렸으나 지금처럼 세뱃돈을 받은 기억은 없다. 우린 다시 안방으로 건너와 밖에서 아버지 어머니께 세배를 드리면 아침상을 치우기도 전에 친척과 세배 손님이 오셨다. 대청마루에 과방을 차려놓고 여러 개의 상을 마련해 놓은 뒤, 1인상, 2인상, 3인상 대접하다 보면 하루 해가 지고 만다.

초하룻날은 여자들 나들이가 금지돼있는 데다가 부엌일 봐주는 도우미도 구할 수 없어 그 많은 일이 다 우리 몫이었다. 그런데도 설날이 왜 그렇게 기다려졌던지. 아마도 밤마실 갈 수 있는 날이 추석과 설날이어서 그랬는지 모른다. 추석날은 달 밝은 밤에 온 마을 처녀들이 손에 손잡고 강강수월래를 하면서 밤을 세웠고, 설날 저녁은 노래자랑이며 화투놀이를 하고 놀았다.

정월대보름도 일이 많았다.

음력 열나흘 날 저녁은 찰밥을 시루에 찐다. 큰 시루에 불린 찹쌀을 넣고 한 번 쪄서 함지박에 퍼내어 소금간한 물을 촉촉이 뿌린 다음

삶은 팥을 함께 넣고 다시 푹 쪄낸다. 찰밥이 되면, 김에 참기름을 묻히고 소금을 뿌려 살짝 구워서 밥 한 공기를 김 위에 얹어 공처럼 둥글게 만다. 그걸 노적봉이라고 했다. 큰 시루에 있는 밥 절반쯤은 노적봉을 만들어 큰 접시에 높게 올려놓고 안방, 건넌방을 비롯한 방마다, 또 마구간, 장독대, 목욕간, 심지어 화장실 앞에도 갖다놓는다. 밥을 갖다 놓을 때는 사기그릇에 무명실로 심지를 만들고 석유를 부어 불을 붙여 같이 놓는다.

대보름날은 오기일烏忌日이라 하여 까마귀에게 제사를 지내면서 한해의 악운을 쫓고 만사형통과 무사태평을 빌었다. 밤이 되면 가을에 거두어들였던 고춧대나 수숫대를 잘라 마당에 낮게 쌓아놓고 불을 붙였는데, 아이들은 자기 나이만큼 그 불을 넘어야 했다. 아마도 별 탈 없이 한 해를 잘 보내라는 뜻이었을 것이다.

대보름날 아침이 되면 마을아이들이 밥을 얻으러 온다. 다섯 집 이상 얻어온 밥을 아침으로 먹는다 했는데 우리는 한 번도 가보지 못했다. 오곡밥은 거칠어서 우리 집에서는 해보지 못했다.

대보름날 아침이면 일어나자마자 누군가의 이름을 부른다. 그때는 대답을 하면 안 된다. 동 트기 전까지는. 만약 대답을 하면 "내 더위"

라고 하여 이름을 부른 사람의 더위까지 다 가져온다는 뜻이었다.

　귀밝이술과 여러 가지 나물을 아침으로 먹고 부럼 깨기를 했다. 그때는 호두도 귀해 밤 아니면 볶은 콩을 먹었던 것 같다. 대보름은 설날 못지 않게 할 일이 많았는데 요즘은 정월대보름을 개보름이라 하면서 그냥 견과류나 깨먹는 집이 많다.

　여자들이 참 고단한 시절이이었다. 그래도 이제 까마득한 풍습이 되어서인지 그 시절을 떠올리니 마음이 풍성해진다. 사는 것이 부족해도 더불어 즐기는 시절이었는데 지금은 자기 가족끼리 모이는 것도 어려운 시절이다. 옆집에 무슨 일이 있는지 눈만 뜨면 알 수 있는 속에서 자라고, 형제들도 같이 한상에서 밥을 먹었지만 지금은 옆집에 누가 사는지 모를 때가 많고 형제도 어느 결에 남보다 안부를 더 모르게 되었다. 가만히 집에 앉아 물건도 사고 손가락만 까닥이면 그 자리에서 스마트폰으로 모든 궁금증을 해결할 수 있으니 밖에 나갈 필요도 없다.

　지나간 시간을 넘어 현실의 나를 추스르며 아들집에 도착하니 며느리와 손자손녀가 머리를 마주대고 전을 부치고 있었다. 설날. 특별한 음식을 하지 않아도, 일 년에 한 번 가족이 한자리에 모여 한해 건강을 빌어주고 세배를 받는 것은 큰 기쁨이다. 명절이 없었으면 하는 사람들도 많지만 옛 풍습 중 명절마저 없어진다면 삶이 얼마나 살벌하고 쓸쓸할까 생각해본다.

올 설에도 우리 가족 모두의 얼굴을 볼 수 있어서 감사했고, 같이 앉아 밥을 먹을 수 있어 흐뭇했다.

여자는 하면 안되는 일도 많았고
해야 할일도 많았다

기록적인 폭염이었던 여름도 입추가 되니 더위도 슬슬 꼬리를 내린다. 요즘 덥다덥다 해도 옛날만큼 덥지는 않은 것 같다. 어딜 가든 냉방시설이 잘되어 지하철, 버스, 대형마트는 시원하다 못해 서늘하기까지 하다.

내가 어릴 때는 부채마저도 변변한 것이 없었다. 물론 전기가 없을 때였으니 선풍기야 말할 것도 없었다. 시원한 게 먹고 싶으면 우물물을 떠다 마셨는데, 설탕을 넣으면 고급 음료였고 보통은 사카린을 넣었다. 찹쌀을 쪄서 볶아 만든 미숫가루가 있었으나, 그건 손님이나 할아버지, 아버지 간식용이지 우리는 언감생심 먹어볼 엄두도 못 냈다.

여름 생각을 하면 가장 먼저 떠오르는 것은 보리밥이다. 보리밥은 지금도 먹기 싫다. 보리를 돌절구에 넣고 찧고 돌로 갈아서 한 번 삶아 건져 보리 물을 뺀 다음, 다시 쌀과 함께 밥을 한다. 보리쌀 3분의 2에, 쌀 3분의 1 정도 혼합인데, 밥을 차릴 때면 우리 밥그릇은 거의 보리밥이다. 보리는 거칠고 우글거려 맛이 없다. 그래도 그나마 먹을 수 있음을 감사히 생각했던 때다.

여름엔 매일 빨래를 했다. 주로 한산모시나 삼베, 면으로 된 옷이

니 밥을 으깨 만든 풀을 옷에다 먹여 꾸덕꾸덕할 때 손다리미를 해 차
곡차곡 개켜, 보자기에서 싸서 발로 밟는다. 그래야 풀이 옷에 잘 스며
들고 다리미질할 때도 쉽게 할 수 있다. 그걸 손질해 말린 다음, 저녁밥
을 먹고 평상에서 둘이 마주보고 앉아 하나는 빨래를 잡고 하나는 숯
을 넣은 손다리미로 다리미질을 한다. 별을 보면서 초롱불 켜놓고 땀
을 흘리며 늦도록 다렸다.

　　그런 힘든 일과 속에서 그나마 마을 개울가 빨래터에서 친구들과
만나는 재미가 있었다. 또 읍내 극장에 새 영화 프로가 온 걸 알면 저녁
을 일찍 해결하고 몰래 집을 빠져나가 5리 길을 빠른 걸음으로 걸어 시
내로 향했다. 〈장마루촌 이발사〉〈꿈은 사라지고〉〈마부〉 등이 그때
본 영화들이다.

　　어느 날 영화를 보고 집에 돌아와 대문 틈 사이로 안을 살펴보니
멀리 마루에 누군가 앉아있는 것이 달빛에 보였다. 분명 아버지였다.
나를 기다리고 계신 거였다. 난 아버지에게 들키기가 싫었다.

　　집을 한 바퀴를 돌아 뒷문 옆 울타리를 넘어 살금살금 들어가 쇠죽
쑤는 부엌에 쪼그리고 앉아 그 밤을 새우고 말았다. 그 다음날 무슨 불
호령이 떨어질까 조마조마했는데 거기에 대해선 야단치지도 채근하

지도 않고 또한 그 다음부터 마루에서 기다리시지도 않으셨다.

그 시절엔 여자들의 밤마실은 용납되지 않았다. 어디 다 큰 규수가 밤마실을, 이라고 했다. 여자들은 익은 음식과 같아서 조심하라는 이야기를 귀에 박히도록 들었다.

왜 그랬는지 모르지만 하이힐 신는 것도 조심스러웠다. 나는 집에서 고무신을 신었는데, 시내 나가면서까지 고무신 신기는 싫었다. 그래 집에서 나갈 때는 고무신을 신고 나갔다가 앞집에서 맡겨놓은 구두로 갈아 신고 다녔다. 어른들 앞에서 힐을 신고 또각또각대기가 민망해서 그랬을 수도 있고 아니면 야단치실 것 같아서 그랬을 수도 있다. 어느 날 읍내에서 할아버지를 만났는데 구두 신은 걸 보셨는데도 아무 말씀이 없으셔서 그 다음부터는 마음놓고 신고 다녔다.

여자라는 이유로 많은 것을 억압하고 규제하여 결과적으로 주눅들게 하였다.

여자니까 안된다, 여자가 왜 그런 짓을 하느냐,

여자라고 몰아세웠던 그 시절 참 설움도 많았다.

친구들이 놀러갈 때도 나만 못 갈 때가 많았다. 왜 그렇게 나를 집에만 묶어두려 했을까. 지금 생각하니 할아버지 손님이 오시면 술상을 마련하는 일, 할아버지 약 다리는 일 때문에 아마도 나를 꼼짝 못하게 했는지도 모른다는 생각이 든다.

그때 할아버지는 인삼이 든 보약을 끊이지 않고 드셨다. 약탕기가 놀고 있을 때가 없었다. 그 약을 다리는 건 내 몫이었다.

그리고 집에 큰일을 칠 때나 시제에 쓸 제물을 장만할 때는 그 며칠 전 마른 음식부터 마련했다. 유과는 일거리가 까다롭고 하기도 힘든데 그때는 참 많이 만들었다. 찹쌀을 물에 담가 곰삭으면 빻아 콩물을 붓고 쪄서 절구에 넣고 잘 찧어야, 맛있고 잘 부푼 유과를 만들 수 있다. 약과는 밀가루에 꿀로 반죽을 해 기름에 튀겨냈고, 정과는 연근정과, 도라지정과, 박정과…… 가짓수도 많았다. 강정도 쌀강정, 깨강정, 콩강정 종류별로 만들었다. 떡을 할 때는 쌀을 물에 불려 디딜방아에 찧어 고운 체로 쳐야 했고, 인절미는 찹쌀을 불려 고두밥을 시루에 쪄낸 다음 그걸 절구통에 부어 물을 적셔가며 쳐서 만들었다.

이런 일 시키려고 그렇게 날 꼼짝도 못하게 가두어 키웠나 싶다.

지금 생각해도 참 억울하다.

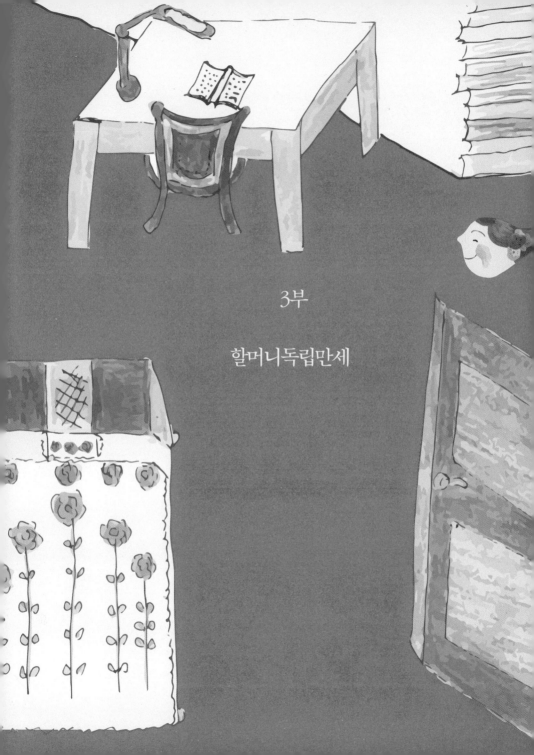

3부

할머니독립만세

창문 넘어 도망 친 100세 노인

할
머
니

독
립
만
세

얼마 전 〈창문 넘어 도망친 100세 노인〉이란 책을 읽었다. 100세 노인이 생일날 요양원에서 슬리퍼 바람으로 창문 너머로 탈출한 이야기다.

나는 며느리와 17년을 같이 살았다. 가끔은 섭섭한 적도, 내가 불편하게 한 적도 있었지만 별 불화 없이 잘 지냈다. 소소한 갈등이 없지는 않았으나 며느리도 그만하면 살갑게 모든 걸 잘 챙겨주고 염려해준 편이었다. 집안에 큰소리 날일이 없으니 그리 오래도록 같이 살았는지 모르겠다. 죽을 때까지 그렇게 여럿이 같이 살면 저승길 가는 게 외롭지 않겠다 싶기도 했는데, 무엇에 홀린 사람처럼 불현듯 딴살림을 차려야겠다는 생각이 머리에 꽂혔다. 한번 그런 생각이 드니 밖으로 드러내지는 않았지만 내심 분주해졌다.

사람 마음은 사는 것에 안주하면 개선점을 찾지 않고 그려러니 하고 살아가는 쪽으로 기우는지 모른다. 그러니 나도 그토록 오랫동안 그냥 아들 가족과 함께 사는 게 당연한 줄 알았던 것이다. 그러나 나이 들면서 내가 변덕스러운 할머니로 변해가는 것을 발견하고 더 늦기 전에 실행을 하고 싶었다.

늦었다고 생각할 때가 가장 빠르다고 했으니 이제라도 나 혼자 살아보리라.

며느리도 아이들 다 키워 할 일이 점점 없어지는 중년이 돼가는 나이니 시어머니 눈치 안보고 편하게 살게 해주고, 나도 며느리 눈치 안보며 나름대로 홀로 서보고 싶었다. 며느리는 만류했지만 실버타운 보낸다 생각하고 아무 말 없이 보내달라고 부탁했다.

결국 인간은 혼자일 수밖에 없다. 여럿이 모여 산다고 해서 꼭 외롭지 않다고 볼 수도 없는 것이다. 풍요 속의 빈곤이라고 내 마음속에 무언가를 갈구하는, 채워지지 않는 것이 있었다. 나는 늦었지만 홀로 서기로 마음먹었다. 아들집의 작은 내 방에 있는 물건만 들고 파주에 사는 막내딸 옆으로 이사를 왔다.

시작이 어려워 오래 망설였지 막상 시작하니 별것도 아니었다. 지금까지 편하게 주는 밥 먹고 따뜻한 방에서 생활비 걱정 없이 살았는데, 젊은 나이도 아니고 일흔 중반 나이에 누가 뭐라고 하지 않아도 생활해나갈 게 걱정이 됐다. 나는 새로운 길이 불행이 아니라 새로운 행복의 시작이 되게 해달라고 간곡히 기도했다.

우리 친구들은 용감하다고 박수를 보냈다. 그 나이에 집을 뛰쳐나

올 생각을 하다니 대단하다고 했다. 어떻게 그런 중대사항을 감행했는지 나 자신도 믿기지 않은 현실이었고, 스스로가 대견하기도 했다.

막상 단독으로 살림을 살다 보니 부족한 것투성이지만 부족하면 부족한 대로 꾸려나가는 것도 소꿉장난하는 것처럼 재미나다. 앞으로 100세 시대. 노후를 좀 더 가치있게 보내고 싶다면 이런 모험을 해볼 만하다. 나도 독립 전에는 한순간도 내가 이렇게 살리라곤 상상 못했다.

세간도 거의 없다. 꼭 필요한 기본 살림뿐이지만 그까짓 것 없어도 좋다. 배고프지 않게 먹으면 되고 잠자리 편하면 그것으로 족하다. 늦은 밤 잠 못 들어도 다른 식구 피해될까 봐 숨죽일 필요없고, 불을 대낮처럼 켜놓고 여유를 부리기도 한다. 스탠드 불만 켜놓고 책을 읽다가는 꿈이 현실이 된 낭만을 느낀다. 이즈막에는 허리도 다리도 아프지만 내 스스로 병원 출입을 할 수 있어서 마음이 홀가분하다.

이제는 어렵더라도 무엇이든 내 의지로 완성해나가는 습관을 들이려 노력한다. 독립선언을 한 이상 최선을 다해 과거보다 더 밝고 폼나는 할머니가 되어보리라. 나만의 즐거움에 내 마지막 정열을 쏟아보리라.

죽기 전에 해보고 싶은 것, 버킷리스트 제 1호. 나만의 공간을 마련
했다.

할머니 독립만세

파주 교하.

몇 년 전만 해도 생각해보지도 못했던 도시로 예고 없이 슬그머니 찾아들어왔다. 반기는 사람도 기다리고 있는 사람도 없는 북쪽 끝까지 와서 집을 알아보고 다녔다. 그중에 이만하면 되겠다 싶은 집을 발견하고 곧바로 내 안식처로 결정했다. 누가 떠밀어내는 것도 아니고 갈등의 불덩이를 안고 속 썩이며 사는 것도 아니었지만, 까마득히 먼 기억 속에 머물러있던 내 마음을 발견하곤 부랴부랴 결정했다.

내 마음속에 혼자 살아보고 싶은 열망이 항상 숨어있었는지 모른다. 어느 날 그게 폭발하여 이 도시로 발길을 돌린 것이다.

한동안 며느리와 살면서 모든 것을 다 정리한 상태였으니 내 살림은 아무것도 없었다. 이부자리와 옷만 나와 같이 동거하고 있었다. 2014년 10월 18일 이삿짐 차는 그 옷과 이부자리만 싣고 파주로 와서, 아무 일 없다는 듯 짐과 나만을 남겨놓고 사라버렸다.

막상 집을 나오려고 하니 모든 게 눈에 밟혀 눈물이 났다.

손주들을 떼어놓을 일을 생각하니 섭섭하기 이루 말할 수 없었다. 며느리도 만류하고 아들도 서운했던지 더 있다 가라고 붙잡았다. 할

165

수 없이 보름을 더 버티다, 가을이 더 짙어지기 전에 이사해야겠다는 생각에 짐을 옮겼다.

이사하기 며칠 전 막내딸과 도배도 하고 입주청소도 했다. 거실은 아이보리로, 안방은 연분홍으로 새색시 방처럼 화사하게 꾸미고 나니 마음이 한결 차분해지고 포근한 느낌이 들었다. 나와 이 집과의 인연이 환상의 커플 같았다. 대전 사는 큰 딸과 사위가 아이들과 함께 집 구경을 왔다.

"집이 초라하고 비좁을 줄 알았는데 그래도 쓸 만하네."

내가 이 집에 빠져든 것처럼, 누구든 오면 집이 넓고 좋다고 한다. 아마도 아늑하고 편안함 때문일 거다.

살림을 살자 하니 이것저것 필요한 것이 많았다. 먼저 밥을 해먹을 주방용품이 가장 시급해 주방에 필요한 전자제품부터 샀다. 그릇도 필요했는데, 며느리가 시집올 때 가져온 반상기가 이 집에서 처음으로 빛을 보고 있다. 거실에는 TV를 올려놓을 거실장을 사고 내가 키우던 화분을 며느리가 갖다줘 창옆에 두었다. 창문은 밋밋하지 않게 화사하고 두꺼운 커튼과 망사 커튼을 이중으로 달고, 작은 방은 옷방으로 꾸몄다. 안방에는 아주 편안하고 깔끔한 하얀 시트와 흰 천에 꽃무늬가

수놓인 이불을 항상 펴놓아 언제든 편하게 쉴 수 있게 했다. 그리고 책을 읽거나 글을 쓸 수 있게 이불 바로 옆에 조그만 상을 펴놓아 책상처럼 쓸 수 있게 했다.

부족하다고 생각하면 한없이 부족하겠지만 이만하면 괜찮다 생각하니, 나의 집은 어느 대갓집 못지않게 풍요로운 장소로 거듭났다. 화려하지 않지만 불편하지도 않은 최상급인 나만의 공간. 혹여 남이 본다면 초라했을지 모르지만 내 눈에는 한가롭고 군더더기 없는 심플한 집이었다. 이 나이에 삶의 질을 높이고 정열을 쏟을 수 있는 내 공간이 있다고 생각하니, 뿌듯함에 미소가 절로 나왔다. 이 집에서 나의 노후를 설계하고 무엇이든 도전해 보리라.

삶에 최선을 다하는 '70대 정열의 화신'이 새롭게 탄생했다. 그동안 며느리에게 모든 살림 넘기고 주는 밥 먹었으니 당장 주방에서 이것저것 챙기기는 싫었으나, 그래도 이 시간들이 행복하고 즐겁다. 예전이나 지금이나 똑같은 시간인데도, 이 집에서는 색다른 시간인 것처럼 좀더 보람차고 활기가 넘친다.

사람이 하려고 하는 열의만 있으면 못해낼 것이 없겠다는 생각을 가끔씩 해본다. 해내고 말겠다는 열정만 있으면 어떻게든 이루어진다. 며느리도 지금쯤 '어머니 감사합니다' 하고 있을 것이다. 같이 보며 갈등하느니 서로가 부딪치지 않게 아량을 베푸는 것도 서로의 마음을 치유해주는 것이 아닐까.

가을 시장 속에서

친구와 과한 점심을 먹고
가을이 모여 있는 시장으로 갔다.
가을들이 모두 모여 수다를 떨기 시작했다.
콩이 말했다.
'날이 너무 더워서 나처럼 강한 것이나 이겨내지
그냥 맥없이 시든 게 많았지'
그래서 콩은 작년보다 배나 비쌌다.
그 옆에서 듣고 있던 토란이
'우린 땅 밑에서 살만 찌고 있었지'
토실토실 토란이 살 쪄있었다.

그 옆에서 고추가 말했다.

'우린 햇볕이 좋아 점점 빨갛게 물들어갔지'

그러고 보니 빨간 고추도 파란고추도 싱싱해 보였다.

가을들의 수다를 들으면서 콩을 한 망 사서

냉동실에 넣었다.

일년 한해 찰밥에 넣을 양식이다.

행복한 여인의 동행

막상 이사를 왔는데 나를 불러주는 곳은 아무데도 없었다. 성당이 어디 있는지 알면 성당에는 꼭 나가고 싶었는데 막연하던 차에 우연히 길에서 묵주를 쥐고 가는 아주머니를 만났다. 그길로 성당으로 가서 '냉담'을 한 고해성사를 보고 다니기 시작했다. 냉담이란 오랫동안 성당에 가지 않는 게으른 신자들의 행동을 일컫는 말이다.

어느 날 미사 도중에 신부님이 물으셨다.

"여러분 어떨 때 가장 행복하십니까?" 여러 답이 나왔다. 배부를 때, 사랑할 때, 사랑받을 때. 그 잠깐 사이에 나를 생각했다. 과연 나는 어떨 때 행복할까? 신부님 말씀이 행복이란 자기가 행복하다고 느낄 때 가장 행복하단다.

독립 후, 나는 무엇 때문인지 모르지만 가끔씩 '참 행복하다'고 느낀다. 빨간 장미꽃이 울타리마다 탐스럽게 피어있는 것만 봐도, 때 늦은 민들레가 돌 틈 사이에서 빼곡히 노란 고개를 내미는 것만 봐도 좋다. 그럴 땐 대견스러워 길가에 쪼그려 앉아 한참을 들여다보고 사랑의 눈빛을 보낸다. 참 곱게도 피었구나, 예쁘게 피었다가 홀씨를 만들어 멀리멀리 퍼트리렴. 혼자 중얼거리는 나를 보고 혹여 치매 노인인가 생각할 사람도 있겠다 싶었다.

끼니때가 되면 주말 농장에서 키운 상추 쑥갓을 뜯어 강된장을 만들어 식사를 하는 것도 행복이다. 차를 마실 때는 하나 뿐인 예쁜 찻잔에 마시며 누가 보는 사람이 없어도 좋아한다. 성당 자매님이 "쑥 뜯으러 갑시다" 하는 한마디에 선뜻 따라나서서 쑥개떡을 10킬로그램이나 만들어 냉동실에 차곡차곡 쌓아 놓고 이 친구 저 친구 나눠주는 것도 행복이다.

기도

신이시여!

저에게 기도하는 힘을 주소서

냉담을 밥 먹듯 하는 저에게

믿음을 주시어

내 사랑하는 이들 고단한 삶 뉘이도록

가슴 절인 기도를 할 수 있게

신이시여!

저에게 영을 주소서

마음 속 다 비우고 주님을 내 안에 담아

환한 미소 지으며

기쁨 넘치는 기도를 할 수 있게

신이시여!

저에게 진심을 주소서

고독을 녹일 맑은 차 한 잔 마시듯 온 정성 다하여

모든 이의 싱그럽고 예쁜 미소

찾을 수 있는 기도를 할 수 있게.

우리 성당에 부제서품을 받고 사제서품까지 받으신 신부님이 계셨다. 그 분이 처음으로 미사를 집전하면서 동행에 대해서 각오를 말했다.

"하느님과 동행하는 신부가 되겠습니다."

동행.

나는 살아오는 동안 많은 사람과 동행했다. 어려서는 부모님이 절대자였다. 부모님 말씀은 거역할 수도 토를 달수도 없이 내 인생을 책임져주시는 분으로 부모님을 섬기며 살았다. 결혼해서는 동행자가 남편으로 바뀌었다. 남편과는 평행선 위에 있는 것 같았어도. 서열은 분명했다. 동반자로서 삶을 개척하기 위해 서로에게 상처주고 또한 사랑도 했고 미워도 했다. 남편이 홀연히 간 뒤로는 자식을 동행자로 여기고 모든 걸 헌신하고 정열을 쏟았으나, 그건 하나의 인격체를 완성해 가는 과정이었을 뿐이었다.

때로는 동행이 힘이 되고 편한 반쪽처럼 생각되지만 어떤 때는 같이 가기엔 너무 짜증나고 같이 가기 싫을 때도 있었다. 살아가면서 사람과 사람과의 동행만을 생각했던 어리석은 시절이었기에 성당에 다니다 안 다니다 하면서 신에게 냉담했는지 모른다.

신과의 동행은 미처 생각하지 못했는데 인자하고 자상하게 무엇이든 감싸주신 위대한 신과의 동행이 즐겁다는 걸 이제야 깨닫는다.

요즘 나는 내 마음속에 맺힌 넋두리를 기도하고 회개하며 반성해도 질책하지 않고 남에게 퍼뜨리지도 않는, 모두 다 수용해 주시는 주님과의 동행에 빠져있다. 가끔은 소원해질 때도 있고 금식도 못하고 피정도 못가고 열심히 그분을 위해 정열을 다하지 못해 자책하지만, 잘 하다가 못하는 것보다 뒤쳐져서 따라 갈망정 지치지 않고 따라가기만 해도 충분하다고 나를 다독거려본다.

무섭거나 삭막함 없이 하루하루가 행복이다. 내가 게으름을 피워 기도를 빼먹어도 야단치지 않고 간혹 잊고 있어도 섭섭하다고 다그치지 않는 영원한 동행이신 주님 정말 감사합니다.

매일 저녁이면 '오늘도 어려운 일없이 무사히 지낼 수 있어서 감사합니다' 라고 기도한다.

종교는 달라도, 각자의 종교에서 그분과 동행하면 어떨까.

버킷 리스트 제4호

"친구야 지금 TV에서 녹두빈대떡을 맛있게 지지는데 먹고 싶다. 언제 우리 광장시장에서 녹두빈대떡 사먹을까?"

그 친구와 나는 중학교 동창이다. 그때 중학교 학급은 인仁, 의義, 예禮, 지智 네 반인데 세 반은 남학생 반이었고 '지' 한 반만 여학생 반이었다.

우리가 다닐 때는 중학교가 읍 소재지에 하나밖에 없어서 면에 사는 아이들은 그 동네 유지급이나 밥술이나 먹어야만 학교에 다닐 수 있었다. 또 학교가 있는 가까운 읍내에서 하숙이나 자취를 해야 했다. 웬만하면 중학교는 꿈도 못 꾸고 초등학교도 못 다니는 아이들이 많았다. 그 친구와 나는 초등학교를 같이 다닌 것도 아니고, 그 친구는 면에서 유학 온 학생이라 학교 다닐 때는 이름도 얼굴도 알지 못했다.

나도 학교에 가려면 신작로를 한 시간 이상 걸어야 했다. 지름길은 논밭길, 냇물, 철길을 모두 건너야 했는데, 정말 길 같지 않은 길을 걷노라면 여름이면 운동화가 비에 젖고 이슬에 젖어 발이 부르트고, 겨울이면 눈에 젖어 동상도 걸렸다. 그러나 나는 하루도 빠지는 날 없이 악착같이 다녔다. 같이 다니는 학생들이 없으니 그 먼 길을 혼자 다녔다. 지금 같으면 아이가 혼자 그리 먼 길을 다니는 건 엄두도 못 냈겠지만, 그때만 해도 모두가 순진했던지 험한 짐승만 만나지 않으면 별일 없었다.

몇 년 전에 남자 동창 중 교도소 소장으로 있는 친구가 퇴임을 앞두고 동창들에게 교도소 구경을 시켜주었다. 가까운 전철역으로 후송차(우리는 닭장차라고 명명했다)를 보내줘서 30여 명 되는 친구들이 그곳에 가면서 서로 알게 되었다. 그리고 그날 이후로 여자 동창들도 남자 동창 모임에 참석하게 되었다. 그 친구는 거기서 알게 되었다.

동창 모임에 가면 그 친구는 얌전하고 다소곳해서 어디서나 있는 듯 없는 듯 있는 친구였다. 얼마 전 부인을 하늘나라로 먼저 보냈다는 말에 측은한 면이 보였다. 그 친구와 더불어 몇몇 친구끼리 관악산에 오르기도 하고 도라산 기차여행도 하는 친밀한 사이가 되었다.

어느 날 그 친구가 나에게 단독 데이트를 신청했다. 둘이는 처음으로 고궁 산책도 하고 점심도 먹고 조금은 어색했지만 즐거운 시간을 보냈다. 그가 차를 마시며 말했다.

"우리 조금은 남들과 다르게 사귀어 보는 게 어때?"

그 말에 나는 단칼에 잘라버리고 그 친구와의 연락을 끊었다. 서울에서 남양주로 이사간 탓도 있지만 자연히 그 모임에도 가다말다 결국 빠지고 말았다. 그리고 7년의 세월이 흘렀다.

휴대전화를 스마트폰으로 교체했는지 내 대화창에 그의 이름이 떴다.

'새 폰으로 바꿨네. 추카추카.'

문자로 축하를 해줬더니 전화가 왔다.

우리는 오랜만에 수다를 떨었다. 나는 파주로 이사 와 독립해서 살고 있다고 했다.

그리고 우린 광장시장 빈대떡집에서 만났다. 광장시장 줄이 길게 늘어선 '순이네집'에서 빈대떡과 막걸리 한 병을 시켰다. 그도 나도 술은 못하지만 빈대떡에는 의당 막걸리가 제격인 것 같아 흔들지도 않고 맑은 술 반 잔씩만 따라 입만 축였다.

우린 자연스럽게 청계천 산책로로 향했다. 시골 도랑물처럼 물이 흐르고 이따금 물고기들도 떼를 지어 노닐고 있었다.

둘이 한참을 걷다가 용기를 내 내가 친구 팔에 내 팔을 슬그머니 넣고 자연스럽게 팔짱을 꼈다.

아, 성공. 남자친구와 팔짱 끼고 산책해보기. 버킷리스트 4호 완성!

우린 연인마냥 팔짱을 끼고 앞에서 오는 사람은 우리가 살포시 피해주고, 뒤에서 "먼저 가겠습니다"하면 옆으로 비켜 길을 터주며 한참을 걸었다.

그 친구가 말했다.

"우리 다시 한번 이렇듯 둘만이 즐기면 어때?"

나는 〈거미와 이슬이〉 이야기를 해 주었다.

어느 날 거미줄에 이슬이가 왔다. 심심하던 거미가 이슬이에게 말했다.

"이슬아 우리 친구할까?"

"그래 좋아. 그런데 나를 만지지 않아야 오래도록 친구가 될 수 있어."

둘이는 사이좋은 친구로 재미있게 지냈다. 그러던 어느 날 거미가 말했다.

"이슬아 내가 너 한 번 안아보면 안될까?"

"너 나 좋아하는 구나. 안아도 좋은데 내가 없어져도 슬퍼하지 않는다면 안아봐도 돼."

그 말을 듣던 거미는 뒤도 생각하지 않고 이슬이를 안았다.

가만히 듣고 있던 친구가 얼굴에 웃음을 띠며 나를 지긋이 쳐다보았다.

"난 할머닌 줄 알았는데 아직도 소녀였네."

그 친구의 너스레 떠는 걸 보면서 생각해본다.

칠십이 넘은 나이, 같이 밥 먹을 친구가 한 명 더 늘어나서 즐겁다.

간장 종지에 담겨져 나온 커피

커피 한 모금 입에 넣고 향을 즐기고 싶을 때도 많고 또한 친구들과 마주앉은 자리엔 응당 커피가 주객인데 난 커피를 마시지 못한다. 아니 안 마신다. 40대부터 커피와는 담을 쌓고 살아서 커피의 진미는 물론이고, 커피의 종류도 맛도 모른다.

어느 날 남자친구와 함께 데이트를 했다.

충무로 한옥마을의 '한국의 집'을 한 바퀴 돌고 명보극장에서 흘러간 명화를 보려고 했는데 극장이 문을 닫았다는 팻말이 붙어있었다. 우린 그냥 아래층에 있는 커피숍에 들어갔다. 친구들과 가끔 만나도 점심값보다 비싼 커피숍에는 가본 일이 없었고, 커피를 마시지 않으니 커피를 주문할 일도 없었다.

남자친구와 처음 들어간 커피숍에서 어떤 걸 시켜야 할지 몰라 차림표 맨 위의 가장 싼 에스프레소를 시켰다. 그런데 주문을 받던 남자 직원이 어딘가 갸웃하며 잠깐 주방으로 가더니 뒤에 뭔가 숨겨 나와 밑으로 살짝 하얀 간장종지 같은 걸 내밀며, 에스프레소는 거기에 나오는 진한 커피라 했다. 직원은 여러 사람에게 들키지 않게 세심한 배려를 해 주었던 것이다.

"아, 그래요? 제가 커피에 대해서 잘 몰라서요. 혹시 전통차는 없나요?"

우리 둘은 으슥한 자리에 앉아 친구는 아메리카노를, 나는 생강차를 마시면서 매장을 둘러보니 모두 젊은이들만 있었다. 우리도 남들 앉아있는 만큼 앉아 수다를 떨었다. 색다른 경험을 하면서.

그 친구와 두 번째 마신 커피는 카페라떼였다. 점심을 먹고 영화를 볼 겸 극장이 딸린 백화점에 들어가 커피집 앞으로 갔다. 무슨 줄인지 모르지만 줄이 길었다. 맨뒤에 서서 "뭘로 마시지"했더니 앞에 섰던 젊은이가 "카페라떼 시키세요" 한다. 서있기 지루해서 친구 팔을 끌고 매장을 한 바퀴 돌고 와보니 사람들이 다 빠져나가고 없었다. 사람들이 있을 때는 몰랐는데 사람들이 없으니 팻말이 보였다.

"카페라떼 한 잔만 주세요."

"참 보기 좋으세요."

"우리는 부부니까 그렇지."

친구가 받아쳤다.

여자 직원이 나를 쳐다보더니 빙그레 웃는다.

"우리는 데이트중이에요. 스페셜로 뽑아주세요."

거짓말할 필요가 없었다. 우리가 죄지은 것도 아니다.

직원은 활짝 웃으면서 커피와 작은 빵을 살짝 내 손에 쥐여주었다.

"빵이랑 같이 드세요."

왠지 기분이 좋았다. 이성친구와 이렇게 다니면서도 혹여 남들이 우리 뒤통수에 눈총을 주지 않을까 두려웠는데 젊은 친구가 보기 좋다고 응원해주니까 마음이 한결 홀가분해졌다.

이 나이에 이런 것도 해보지 못했다면 삶이 얼마나 삭막할까? 새로운 경험을 할 수 있는 기회가 주어진 걸 감사히 생각한다. 칠십이 넘으면 남여 구분이 없어진다고 하더니 이성 같은 설레임은 없고 동성 같은 편안함을 느끼니 이것 또한 해볼 만하다. 혼자 밥 먹기 싫을 때면 만나 점심 먹고 차 마시고 극장 가며 하루를 보낸다. 때로는 생의 활력소가 된다.

이따금 하는 이 친구와의 데이트가 즐겁다.

안부

따사로운 햇살이 창문 너머로 비추니

바람마저도 싱그러워

마음이 애잔하고 보고 싶어져

안부가 묻고 싶고

안부가 기다려지네

잘있냐,

잘있다.

눈꽃이 날리던 게 엊그제였는데

벌써 모란마저 지고 말았네

나를 아는 이여

모두모두 행복하기를

부족한 엄마

"봄동 김치를 했는데 가져갈까?"

"우리도 했어요. ㅋㅋㅋ"

막내와 메시지를 주고받았다.

잠이 오지 않아 TV 채널을 돌리다보니 봄동 김치 담그는 걸 하고 있었다. 내일은 저걸 해봐야지. 내일 할일이 생각났다.

봄동과 부추를 사와서 다듬은 뒤, 봄동은 깨끗이 씻어 소금에 살짝 절여 놓고 양념을 만들었다. 액젓에 마늘, 생강, 조청, 고춧가루를 넣고 잘 어우러지게 해두면 된다. 마지막으로, 살짝 절여진 봄동을 살살 씻어 물기를 빼고 만들어 놓은 양념과 송송 썬 파를 넣고 잘 버무렸다.

그래 이 맛이야!

혼자 흐뭇했다. 상큼한 봄 내음이 내 안에 들어왔다. 정말로 맛있었다.

그리고 묵은 김치를 송송 썰어 들기름과 잘게 썬 오징어를 넣고 조물조물 무친 다음 부추와 부침가루를 넣고 빈대떡 재료를 만들었다. 이걸 가져다주면 한 끼 반찬으로 손색없겠지 하며 마음이 들떴다. 한쪽 부쳐 먹어봤더니 환상의 맛이었다.

그런데 가져다준다고 말한 내가 불쌍해졌다. 들떴던 마음이 푹 주저앉고 말았다. 김치를 담갔으면 엄마한테 한 보시기쯤 가져다줘도 될 텐데.

대보름에도 매생이국과 약식을 만들어 무작정 가지고 갔었다.

매생이국은, 깨끗이 씻은 매생이와 굴을 냄비에 넣고 참기름을 넉넉히 두른 다음 볶다가 뜨거운 멸치육수를 넣고 한소끔 끓여, 대파를 넣고 간장과 약간의 소금으로 간을 맞추어 만든다. 매생이는 너무 끓이면 갈변한다. 아무리 끓여도 김이 나지 않아서 미운 사위가 오면 매생이국을 끓여준다고 했다. 김이 안 나는 국을 먹다가 바둥대는 꼴을 보기 위함이었을까.

약식도 만들었다. 옛날 같으면 약식 만들기가 까다로웠지만 나에겐 황금 레시피가 있다. 불린 찹쌀 네 컵을 전기밥솥에 넣고, 물 두 컵하고 4분의 1컵 더, 설탕 한 컵, 계피가루 약간, 간장 여섯 스푼을 섞고 잘 저어 설탕이 다 녹으면 쌀이 담긴 솥에 붓고 취사 버튼만 누르면 된다. 밥이 다 되면 뚜껑을 열고 참기름과 대추, 잣, 은행, 곶감, 건포도를 넣고 고루 섞은 다음 뜸을 들인다. 찰밥의 쫀득함이 느껴지고, 밥알이 톡톡 터지면서 달콤하고 고소하고 윤기가 나서 눈으로 봐도 맛있어 보이면 실제로도 환상의 맛이 난다.

그런데 손주들 반응은 영 달갑지 않았다. 아이들은 그렇다 치더라도 어른들이라도 맛있게 먹어야 하는데 서너 숟갈 뜨는 둥 마는 둥 이거 괜한 짓 했구나 속으로 자책하고 다시 들고 와버렸었다.

신달자 작가의 〈엄마와 딸〉이라는 책을 읽었다.

작가 어머니는 작가에게 "너는 할 수 있어" "너는 해낼 수 있어" "네가 못할 게 어디 있어"라는 격려와 "잘했어" "정말 잘했어" "너니까 할 수 있어"라는 칭찬을 항상 해주었는데, 작가 자신은 딸들에게 칭찬이나 격려는 한 적 없고 핀잔만 주고 싸웠다는 대목이 내 마음을 찌른다. 나도 그랬다.

어린 나이에 결혼해 아무것도 모르는 막내딸이 안쓰러워 시간만 나면 도와주고 거들어줬던 것이 중년이 다 된 딸을 아직도 간섭했던 것은 아닌지 나를 돌아보았다. 이미 나를 떠난 지 오래지만 마음속 깊숙이 막내의 둥지를 품고 마지막까지 놓지 않으려고 발버둥쳤는지도 모른다. 그래서 막내 곁으로 이사를 왔을까?

막내의 둥지를 이젠 내 마음에서 빼내야 할 것 같다. 서운하지만 섭섭해하지 말자. 이제 내 안에 아무것도 없다. 그저 빈 둥지만 있을 뿐이다.

막내를 도와주러 다닌 것도 딸을 위함이 아니고 아직도 나는 너희를 도울 수 있다는 얄팍한 오만이었는지도 모르겠다. 이제는 모든 것 털어버리고 다만 나를 위해서 최선을 다하자.

너희가 있어 행복했고 너희가 있어 삶의 보람을 느꼈단다. 나는 너희들 3남매 모두를 무척 사랑한단다. 평탄하고 부족함 없이 살아가는 너희들이 대견하고 고맙다.

그리고 부족함 많은 엄마였기에 미안하다.

일인시대

우리나라 일인가족 비율이 이인가족 비율을 넘어섰다고 한다.

독립을 하고 세간을 나와 혼자 있으니 밥 먹는 시간이 가장 싫다. 황량한 공간에서 혼자 밥상에 앉아있으면 청승맞고 꼭 이러고 끼니를 채워야 하나 싶다. 끼니 그건 어쩌면 원초적 본능인 듯했다.

반찬을 꺼내기 싫어 한 가지 반찬에 밥을 먹으니 초라하고 보기 싫어서 있는 것 다 차려놓고 밥을 먹을 때도 있지만 마음이 허전한 건 마찬가지다. 독립했다고 좋아했지만 단 한 가지 밥 먹을 때만큼은 많은 식구 속에 먹는 밥이 더 달콤하고 구미가 당긴다. 처음엔 밥상머리에서 울어본 적도 있으나 차츰 적응이 돼갔다.

할 수만 있다면 혼자 사는 것 보다 같이 늙어가는 게 부럽기도 하고 행복해 보인다. 산책을 할 때 부부가 나란히 걷는 것을 보면 서로의 온기가 합쳐져 얼마나 높은 열을 내고 걸을까 헛공상을 하며 그들의 뒤를 따르기도 한다. 뜻이 맞아 백년회로를 한다면 그것처럼 행복하고 보람된 일이 어디 있겠는가. 아웅다웅 다투고 토라졌어도 시간이 지나면 물거품처럼 사라지는 미운 정들로 어느 결에 측은지심으로 서로를 바라보는 초로의 부부들, 두 손을 꼭 잡고 전철을 타는 연세 많은 부부를 보면 늙어서 서로 의지하고 서로 보듬어주며 인생막차를 타고 가는 모습이 상호존중과 배려로 공동선을 이룩한 사람들 같아서 아름다워 보인다. 너랑 나랑 둘이서 끝까지 사는 것만큼 복 받은 것이 있겠는가.

그러나 과연 그런 부부가 얼마나 될까. 잘 어울려 사는 집보다 더 많은 부부들이 하루가 멀다 하고 마주보기도 싫다 하고, 황혼 이혼율도 만만치 않으니, 나처럼 아무런 간섭도 받지 않고 씩씩하게 살아가는 싱글족 또한 좋다.

혼자 살아보니 홀가분하고 편해서 좋다. 성당에서 교우들과 친교도 하고 문화센터에서 취미생활을 하다 쪽시간이 남으면 도서관으로 발길을 돌린다. 도서관 바로 옆에 숲이 있어서 도서관에서 봄도 만나고 여름도 만나고 가을 겨울까지도 숲속에서 책과 같이 숨 쉬고 어울린다.

또 천금과도 바꿀 수 없다는 마음 맞는 친구를 만나 푸짐한 점심을 먹고 예쁜 카페를 찾아다닌다. 먼 길이라도 좋다. 가고 싶으면 식구들 눈치 안 보고 어디라도 같이 가 휴대전화로 찰칵찰칵 사진을 찍는다. 그 중 잘 나온 것만 대화창에 올리고 하하 호호 지루할 시간이 없다. 매일매일 생동감 넘치는 삶 속에서 나는 모두에게 감사하다. 나는 내 인생의 3막 4장을 화려하고 멋지게 장식하고 있다.

누구라도 좋다. 한번쯤 독립을 시도해 보길 권한다. 친구와 같이 밥 먹고 차 마시고 도서관에서 노닥거리는 것.

그러나 독립에는 조그마한 희생과 용기가 필요하다.

그럴 땐 많은 사람들에게 위안을 주는 이 말을 떠올려보자.

"이 또한 지나가리라."

가끔씩 혼밥에 정성들이기 싫어 우유 한 잔에 빵 한쪽 먹을 때도 많지만 마음 내키면 고기 요리와 나물 반찬으로 나를 잘 대접할 때도 있다.

몸은 음식으로 힘을 얻고 마음은 생각으로 힘을 얻는다고 한다. 그래서 나도 이런 희망을 품어본다.

"사랑과 감사와 용기와 열정으로 마지막을 활기차게 채워나가게 해주세요 인생은 흘러가는 것이 아니고 채워가는 것이라고 합니다. 시간을 다스려 멋지게 황혼을 꾸며보겠습니다."

이런 노년의 행복에 빠진 내가 좋다. 욕심 부려 돈 쓰기 아까워 하다 보면 먹는 것도 노는 것도 할 수 없다. 조금은 어리숙하게 내 것 내려 놓다보니 있던 욕심도 사라져 버렸다. 마음상하며 움켜쥐고 살지 말고 내 것도 남의 것인 양 비우면서 살면 마음은 한결 편안해지고 웃음이 찾아오는 노후가 될 것이다.

독립을 꿈꾸는 이들이여, 혼밥에 혼잠도 살 만하니 마음 편하게 그냥 너털웃음 웃고 살아봅시다.

나에게 장미꽃을 선물하다

우리 식구가 다 모였다. 대전에 사는 큰 딸 혼자만 빼고 열두 식구가 한자리에 모였다. 딸이 못 오는 처가에 사위가 처량해 보일까 봐, 대전서 남양주까지 먼 거리니 오지 말라고 했는데도 아들 둘을 데리고 큰사위가 와주었다. 고맙고 반가웠다.

내 생일. 가족이 다 모여 이야기 나누며 식사를 한다는 것이 생의 보람일 수도 있고 아니면 지나온 나의 발자취일 수도 있다. 무엇이라도 좋다. 함께 즐거운 시간을 보낼 수 있다는 것에 감사할 뿐이다.

생일이 되면 꼭 받아보고 싶은 선물이 있다. 붉은 장미꽃 한 다발. 언젠가 아이들이 줘서 받아본 것도 같지만, 그때가 언제인지 가물가물했다. 지금 아이들이 주는 선물은 주로 현금이다. 이성적으로 현금이 좋긴 하지만, 그래도 한 번 쯤은 감성을 느끼는 사치를 해 보고 싶다. 나도 장미꽃 다발 받는 시간을 누리고 싶다.

그렇게 생각하다가 그 꽃다발 아무도 안 주면 내가 선물해주자 하고, 강남터미널 꽃시장에 갈까 하다가 문방구로 발길을 돌렸다. 문방구에서 빨간 장미꽃을 만들 색종이 두 묶음을 샀다. 종이접기를 배웠기 때문에 장미꽃이야 일품으로 접을 수 있겠거니 하고 시작했는데 만

만치 않았다 연일 쏟아지는 폭염경보 속에서 이게 무슨 청승일까 치워
버릴까 하다가 다시 시작했다. 돈만 주면 예쁜 장미를 금방 살 수 있을
텐데 내 손수 만든 장미를 보겠다고 이 고생을 하고 있으니 말이다.

　　그래도 내가 만든 꽃은 반영구적이니까 오래 볼 수 있겠지. 장미꽃
을 곱게 접어 철사로 꽃대를 만들고, 철사를 초록색 테이프로 감고 나
니 제법 꽃 같았다.

　　그런데 꽃을 꽃병에 넣고 고정을 시켰더니 꽃집에서 산 꽃만큼 예
쁘지 않았다. 모양도 장미와는 좀 달랐다. 지금 생각하니 독립과 생일
파티를 멋지게 기념할 수 있게 좀 비싸더라도 풍성한 꽃다발을 샀어야
했다. 그래도 어떤 꽃이면 어떠랴. 내가 만든 장미꽃에 나만의 향기가
널리 퍼져가길 빌어본다.

　　장미꽃 한 다발

　　팔월 복중 무더운 여름
　　산고를 겪었을 엄마를 생각하며
　　사막 모래밭 땡볕에서

뚝딱 키워낸 장미 한 다발.

주는 기쁨 받는 감격
빨간 장미꽃 한 다발
무슨 꽃이면 어떠하리
내가 나에게 준 장미꽃 한다발

독립의 필수요소, 배움과 즐김

독립을 해 부푼 가슴이 며칠 지나지 않아 어떻게 시간을 꾸려나갈지 막막했다. 시간은 점점 겨울로 치닫는데 마땅하게 나갈 데도 없고 누구에게 말걸 사람도 없다는 게 쓸쓸하고 심란했다. 누구라도 좋다. 말벗이 그리웠다.

말을 주고받고 웃고 울고 어울려 살아가는 것만큼 행복한 게 어디 있겠는가. TV 앞에서 하루 종일 삼시세끼를 해결하다 보니 우울증에 빠질 것 같은 두려움이 엄습해왔다.

이러고 있을 일이 아니고 일단 도서관을 찾아보자. 길이 있었다. 가까운 곳에 두 군데나 되었다. 도서관에서 지역신문을 뒤적이다가 문화센터의 프로그램이 눈에 띄어 직접 찾아가봤다. 한 달만 있으면 겨울방학이 시작된다고 해서 등록은 못하고 수업중인 고전무용만 구경하고 돌아왔다. 또 어딘가에 사람 모이는 곳이 없나 찾아봤더니 스포츠센터에서 웰빙댄스를 하길래 등록했다. 댄스는 진즉부터 했던 것이라 어려울 것 없이 잘 따라했고, 여러 사람 속에서 같이 놀 수 있다는 것은 새로운 장소에서 친교를 트는 것이니 일보 전진한 것이다.

다음해 봄 문화센터의 문예창작반에 등록했다. 학교 다닐 때 말고 처음으로 글쓰기를 배운다는 것에 마음이 부풀었다. 어린 시절 할아버지 방에서 신문을 보며 나도 소설이나 글을 쓰고 싶다는 꿈을 꾸었지만 현실의 삶에 충실하다 보니 꿈도 멀리 사라졌는데, 접어두었던 꿈이 화산처럼 분출하면서 지금이라도 글을 써서 내 이름 석 자가 적힌 책을 한번 내봤으면 하고 염원하게 되었다.

그러나 그건 내 능력으로는 감당하기 어려울 거라고 체념했다가 더 배우면 쓸 수 있을지도 모른다는 생각에 지역의 문학협회에서 운영하는 문예대학에 등록해 밤 시간 꾸준히 수업을 해 2년 만에 졸업했다. 아무리 책을 봐도 돌아서면 잊어버리는 나이에 글을 쓰기란 무리란 생각이 들었지만 그래도 쓰고 버리기를 꾸준히 했다.

글쓰기 말고도 하모니카, 종이접기, 한문, 수채화 등 다양한 수업을 지역의 문화센터와 도서관에서 수강했다. 모든 것이 예습과 복습이 필요했기에 주말에도 나름 열심히 공부를 했다. 이제 종이접기는 1급 자격증을 획득해 어린이집이나 요양원 같은 곳에서 봉사할 정도가 된다. 종이접기는 병 중에 제일 무섭다는 치매를 예방할 수 있는 손끝 운동이기도 하고 머리회전도 돕는 좋은 놀이다.

그림도 배우고 그걸 계기로 전시도 했다. 그림을 배우게 된 계기는 도서관의 자서전워크숍이었다. 글과 그림이 들어간 책을 만들고 전시를 하는데, 나는 그림을 색연필로 초등학생처럼 그렸었다. 책이 나오고 나니 그림을 더 잘 그리고 싶다는 욕심이 생겨 시에서 운영하는 문화센터의 수채화반에 등록을 했다. 그랬더니 이번에는 자서전워크숍에 같이 참여한 그림작가가 전시를 목표로 그림을 그려보자는 것이다. 나말고 몇 명이 더 그 작업에 합류했다

전시는 자화상을 주제로 한다기에 내 얼굴을 거울에 비춰 거울을 보고 얼굴을 그렸다.

자화상 그리기는 너무 어려웠다. 아무리 그려도 내 얼굴은 나오지 않고 아주 이상한 남자 얼굴이 될 때도, 갸름한 얼굴이 될 때도 있다. 코도 입술도 어렵다. 그만 치워버릴까를 수십 번 하다가 그래도 시작했는데, 나잇값은 해야지 싶어 그만둘 수가 없었다.

마트에 갈 일이 있어 미술을 전공한 딸과 같이 가면서 그림 이야기를 했다.

"내 얼굴을 그리는데 왜 그리 입술이 어렵고 작게 그려지냐?"

"그래, 입술이 작게 그려지면 엄마가 말주변이 없나 보네."

그래 맞다. 난 어디서든 적당한 대화거리를 찾지 못하고 어느 상황에서 무슨 말을 해야 할지 순간적인 위트도 없다. 서먹서먹한 분위기가 싫어 일대일 자리에 가는 걸 꺼리는 편인데 그림으로 성격 파악도 되나보다.

그 다음은 코.

다른 사람들은 잘 그리는데 나 혼자 못 그린다 싶어서 종이가 구멍이 나도록 그리고 지우고 지워도 별반 마음에 들게 그려지지 않았다. 내 코가 원래 커서인지 모르지만, 코가 크게 그려진다고 딸에게 말했더니, 코가 크게 그려지면 자존심이 높다는 것이다.

자존심. 그런가? 어렸을 때부터 고집 세고 자존심 높다고 맨날 새엄마한테 혼나긴 했다. 고집도 자존심도 이 나이에 와보니 그 따위 개나 줘버릴 일이었다.

이렇게 내 성격이 드러나 보이는 작업을 할 거라는 걸 꿈에도 생각 못했다. 이제는 나도 자존심 따위 개가 물어가 버려서 홀가분하게 세상 밖으로 내보이고 있는지도 모르겠다. 그래도 내 손에 의해서 풍경도 꽃도 그려낼 수 있다는 게, 우주의 만물들(거창하긴 하지만)에 나만의 색깔을 불어넣어 다시 생동할 수 있게 한다는 게 즐겁다.

펜 드로잉으로 매일 한 장씩 9개월을 그렸더니 아크릴화도 해보고 싶어 개인 레슨도 받았다. 서툰 솜씨지만 추석에 딸들이 왔길래 그림을 보여줬더니 대뜸 말한다.

"엄마, 이 그림 나 줘. 내가 살게."

"안돼. 며칠 있다가 전시해야 돼."

아크릴은 도화지에 그리는 게 아니라 캔버스에 그린다. 처음엔 나도 캔버스가 무엇인가 했는데 네모난 나무틀에 천을 씌운 것이었다. 딸이 72색 색연필도 주어 색연필화도 그린다. 색연필화는 세밀화처럼 장시간 앉아 심혈을 기울여야 한다.

가을이 한창일 무렵, 이렇게 긴 시간 그린 그림들을 모아 그룹전을 했다. 지도해주시는 선생님 덕분이지만, 무엇보다 내 끈기에 뿌듯했다. 그림 그린다고 서울 출입도 자주 못했다. 남들보다 못 그린다고 그만두었다면 아무것도 이루는 게 없었겠지만, 남보다 못해도 좋다, 내 색깔때로 그려보자고 했더니 전시까지 하게 되었다.

지금은 못 그린 자화상이지만 조금만 더, 더 조금만 연습하면 내 그림으로 영정사진을 쓸 수 있을지 모른다는 생각도 해본다.

종착역이 얼마 남아있는지 모르지만 건강이 허락하는 한 무엇이든 배우고 깨우치며 좀더 품위있는 할머니로 거듭나고 싶다.

그곳에 사랑하는 사람이 있었다

내가 사는 파주 교하는 도시와 농촌이 함께 어우러진 곳이다. 근처에 출판사들이 모여있는 출판단지가 있고, 출판단지 주변은 아직 논밭이 그대로다.

장마 중에 잠깐 날이 화창해 이웃에 사는 친구와 출판단지에 있는 영화관에서 영화 한 편을 보고 나서 마땅히 갈 데가 없던 우리는 여기저기 기웃거리다 헌책방에 들렀다. 산문집 한 권을 사들고 책방 마당에 있는 나무식탁에 앉아 커피로 천천히 입을 축이고 길을 떠났다. 어디로 간다는 목적도 없다. 그러다가 생각난 곳. 명필름아트센터. 명필름에서 운영하는 극장인데 괜찮은 영화를 상영한다고 자주 이야기를 들었다.

이참에 가보자 싶어서 괜히 서둘렀다. 지하로 내려가 보았으나 아무도 없었다. 한참 걸은 다리를 쉬게 할 겸 의자에 앉아 벽에 걸려있는 포스터를 보면서 가방 속에 있는 찰밥과 오이를 꺼내 우적우적 먹고 있다가 직원에게 쫓겨나고 말았다. 영화관은 주말에만 한다고 한다. 우리는 웃으며 그곳을 나왔다.

하늘은 청명하다. 구름빛은 영롱하여 비단결 같고 건너편 심학산이 선명한 푸른빛으로 내 앞에 있는 것처럼 낮게 보였다. 산이 가깝고 하늘이 낮게 보이면 비 올 징조라 했는데 아직 장마가 덜 끝난 모양이다. 구름 가는 대로 들길을 걸었다. 밭둑에는 호박넝쿨들이 진을 치듯 펼쳐있고 노란 꽃과 호박이 주렁주렁 달려있다. 싱싱한 저 호박을 따서 호박볶음을 하면 얼마나 맛있을까 침이 절로 넘어갔다. 입안에 넣진 않았으나 지금 먹고 있는 것처럼 맛이 느껴졌다.

　큰길을 건너 샛길로 들어서니 산딸기가 빨갛게 익어 송알송알 달려있었다. 나도 모르게 손이 가 옆도 안보고 따 먹었다. 새콤하면서 달콤한 그 맛, 입안이 개운했다. 손이 닿지 않는 곳에는 산딸기가 더 많이 있었다. 행여 넘어질까 발길을 돌리면서도 그 붉은 빛깔에 눈이 꽂혀 뒤를 자꾸만 돌아다 보았다.

　길섶에 핀 야리야리한 메꽃도 만났다. 내가 나팔꽃이라 우기던 그 꽃. 금계국, 루드베키아, 꼿꼿이 서있는 나리꽃, 허브들 사이에 핀 치커리꽃…… 이름 모를 꽃도 많았다.

　꽃을 보면 가슴에 묻어두었던 아련한 기억들이 습관적으로 튀어나와 다정한 연인을 만난 것처럼 내 품에 안고 싶은 충동이 인다. 그러나 요즘은 꽃을 꺾으면 안 된다는 인식이 강해 나도 눈으로만 즐겼다. 꽃은 왜 인간 앞에 나타나 마음을 아리게도 하고 기쁘게도 할까?

꽃을 보면 반갑고 하늘을 보면 위안을 받고 벌거숭이 철모르는 소녀가 되어 몇 시간을 걸었을까. 볕에 들에 풀에 꽃에 취해 자연 속을 헤매다 보니 어디쯤 왔을까 알 수 없었다. 주위를 돌아보자 멀리 아파트가 구름 속에 살짝 삐져나온 햇빛을 받아 은빛으로 수를 놓은 듯해 탄성이 절로 나왔다. 여태껏 이런 자연을 잊고 살았구나.

걷다가 쉬다가 다시 걷기를 한참을 하고 나니 이번에는 울창한 숲이 나왔다. 나무가 빼곡이 심어져 있었다. 그 속에 숨으면 몇백 년이라도 들키지 않고 숨어있을 듯하다. 담양의 메타세쿼이아 숲처럼 아름드리는 아니지만 그 숫자는 훨씬 많은 나무들이 울창한 기백을 보이고 있었다.

이런 햇빛 좋은 하루, 세상살이 찌든 때를 말끔히 씻은 듯한 개운함. 온세상을 얻은 것 같은 뿌듯함. 자연에 내 마음을 이렇게 위로 받을지는 몰랐다. 들꽃이 주는 행복감. 작고 소박한 시골 색시 같은 꽃 속에 삶의 향기가 있었다. 사랑하는 사람을 만난 듯 들길에서 마음이 부풀어오르는 걸 이제 겨우 알았다.

그곳에 사랑하는 사람을 두고 온 것처럼, 또 다시 찾아가자고 우린 서로 마주 보며 한바탕 신나게 웃었다.

들판을 헤메다보니 조용한 옛집 저녁노을에 곱게 물든 논둑길도 그립고, 채송화 곱게 피는 싸리나무 울타리 아래서 어릴적 이성친구와 마주보며 가슴 설레던 곳도, 흰 눈 나리는 날 손 잡고 거닐던 철둑길도 머릿속에서 아른거린다. 한적한 밭둑에서 먹었던 목화다래의 달콤한 맛도 잊을 수 없다. 파란 하늘보며 그 시절 그 길 그 모퉁이 그 들판을 걷고 싶다.

'언제 한번 혼자서 집 떠나 옛길을 걸어보리라' 하는 생각이 간절한데, 막상 쉽게 실행이 되지 않는다. 산천은 그대로고 사람도 그대로지만, 편한 것에 길들어져 유명한 관광지 아니면 선뜻 내키지 않는 것이 아마도 옛스런 나를 잊어가는 모습일 것이다. 이제 저녁 연기가 굴뚝으로 나오는 낭만 있는 그런 길은 걸을 수는 없지만, 고향의 누렇게 익어가는 벼 이삭 사이로 메뚜기 뛰놀고 고추잠자리 너울거리는 들녘에서 나락냄새의 수수함을 느껴보고 싶다.

꿈에서 쓴 시

바람이 날 불러서

뒤돌아봤더니

다 지나간 사연들이었네

햇볕이 내 등을 어루만져

뒤돌아봤더니

소리 없이 흐르는 세월이었네

이제 오직 남은 건

아무 쓸모없는

빈 둥지 속에 그리움만 남았네

윤슬처럼 빛나는 아우

　사람이 살아가는데 필요한 것이 무엇일까? 아마도 모두들 의식주라고 말할 것이다. 그러나 그것을 채우기 위해서는 인간관계가 따라야 한다. 나는 가끔 사람과 사람 사이의 관계를 생각하면 삶에 염증을 느낀다. 남편과의 관계, 자식과의 관계, 부모와의 관계…… 엉키고 엉킨 관계 속에서 시달리면서 많은 사람과 거리를 두기도 했다. 그런데 독립하고 낯선 곳에서 또 새로운 관계가 시작되었다.

　독립한 지 4년째. 동생이 생겨 속내를 털어놓을 수 있고 친구가 생겨 척박한 삶이 풍요로워졌다. 삶에 활력이 생겼다고나 할까.
　새로 생긴 동생의 남편과 나는 중학교 선후배 사이여서 멀리 헤어진 동기를 만난 것처럼 쉽게 친해졌다.

　언니야! 아우야!
　얼마나 정다운 호칭인가. 나를 걱정해주는 아우가 생긴 것이 얼마나 큰 축복인지 모른다. 하늘의 별처럼 많은 사람들 속에서 내 마음을 털어놓고 인생을 논할 수 있는 혈육 같은 이웃이 있다는 건 삶의 질을 높일 수 있는 원동력이다. 하루가 멀다 하고 전화해서 끼니 걱정 건강

걱정 해주는 그녀. 어쩌면 전생에 다정한 부부 아니었을까 하는 생각을 해봤다. 그녀를 생각하면 입가에 배시시 미소가 번진다.

작년 겨울 그녀는 쇼핑백 한가득 먹을 것을 가지고 내게 왔다. 무거운 것을 맨손으로 들고 온 것을 보고 심성을 읽을 수 있었다. 요즘도 이런 사람이 있다는 게 신기했다. 이 각박한 세파 속에 그녀는 어떻게 살았기에 아직까지 순박하고 계산 없이 모든 걸 다 내어주며 살고 있을까. 감동이다.

깡마른 체구에 손엔 뼈가 송두리째 드러나 있는 그녀. 나뿐만 아니라 모두에게도 성심을 다해 진심으로 주위를 보살피는 사랑스런 여인이다. 나는 돌 속에서 보석을 찾은 느낌이었다.

오늘도 그녀는 전화 너머로 말한다.

"언니 어디 아파요?"

내 목소리가 조금만 낮아 있어도 금방 건강부터 묻는 그녀. 그녀가 내 곁에 있는 게 어쩌면 신이 늦게나마 나에게 축복을 주신 게 아닌가 나를 한번 추켜세워 본다. 이런 이웃을 만나는 것도 절대 그냥 이루어지는 건 아니니까.

아우야,

우리가 소싯적에는 몰랐던 사이지만 지금 이렇게 만난 것도 인연일 테니 조금은 부족하더라도 조금은 인색해졌더라도 마음 닫지 말고 너그럽게 이해하고 우리 함께 걸어 가보자. 그냥 잠깐 왔다가는 인연 말고 특별하게 챙기는 인연 말고 가깝고도 먼 것처럼 살뜰하면서도 무관심한 것처럼, 뜨겁게 데우지 말고 미지근하게 그냥 그렇게 너와 나 정답게 가보자. 없는 듯 거기 있고 다정한 듯 멀찌감치 서로 쳐다보고 우리 그렇게 살자. 아우야, 사랑한다.

그리고 부족함 많고 살뜰하지 못한 나에게 언니라고 따라주고 감동을 주어 정말 행복하단다.

윤슬처럼 빛나는 아우야, 고맙다.

목기를 닦으면서

팔월 한가위라고 어수선하고 모두들 들떠있다. 독립하고 처음으로 아들집에 가서 차례를 지내려고 가는 길. 동대문시장에 들러 녹두 빈대떡 재료를 사들고 갔다. 며느리와 손자손녀가 이마를 마주대고 다정하게 부침개를 부치고 있었다.

내가 같이 살 때는 별 생각 없이 명절 음식을 만들었는데, 막상 며느리에게 모든 것 떠넘기고 나만 빠져나온 것 같아 마음이 무거웠다. 며느리에게 말했다. 올해만 지내고 내년부터는 기제사도 차례도 지내지 말자.

요즘 흔히 말하는 명절증후군. 며느리들만 명절증후군이 있는 게 아니다. 나이든 어른들도 똑같이 명절이 싫다. 그날이 그날인데 추석이면 뭐하고 설날이면 무엇이 달라지겠는가. 며느리도 귀찮으면 시어미도 귀찮다. 시어머니가 그 일이 좋아서 하겠는가. 젊어서부터 해왔던 일이니 버리지 못하고 하고 있을 뿐이다.

그리고 다음 명절날은 아들 집으로 가지 않았다. 그런데 며느리는 명절음식을 고루고루 만들어서 한 짐 싸들고 일찍 서둘러 내 집으로 왔다. 우리 착한 며느리. 조상을 모시는 행사를 도리가 아니고 정성으로 하겠다는 의미인 것 같아서 대견해 보였다.

내 말과는 상관없이, 조상을 모시면 복을 받는다 했으니 복을 받을
것이다.

그대는 알고 있겠지
망촛대 꽃망울이 못다 한 사연을
손 놓고 떠난 지 몇 해던가

꽃피는 봄이 와도 찬바람이 불고
엄동설한 길가에 서있는 가로수 같이
악으로 버텨온 나날들
덧없다 뉘 알리

모두 다 내 맘 같으리오
저 멀리 구름 위에 꽃이 피고
바람결에 스치는 님의 향기

내 곁을 벗어난 그댈 보며

할
머
니

독
립
만
세

서러워 눈물이 가슴을 적시네

내년이면 오지 마오

올해가 끝이오.

자화상

　막내사위로부터 카네이션이 탐스럽게 피어있는 곱게 장식된 화분을 받았다. 탁자 위에 놓은 화분을 쳐다보면서 꽃송이를 헤아려 보았다. 활짝 핀 송이도 많았지만 아직 피지 않은 송이가 훨씬 더 많았다.

　화분 속에 담겨있는 미래를 들여다보면서 나에게도 꽃봉오리처럼 희망을 품은 적이 있었을까 싶다. 어슴프레 가슴에 와 머무는 쪽빛 사연들이 마구 가슴 설레게 한다. 황홀하게 화려한 때도 있었고 나 자신 주눅들어 초라해 보인 적도 있었다. 생각해보면 행복할 때도 남과 비교하면서 불행하다고 자책하기도 했다. 70여 년 긴 여정으로 생긴 자국들은 주름살로 이마를 장식하고 있다.

　나에게 주어진 하루하루를 넘기다 보니 어느덧 이 나이에 와있다. 어릴 적 아버지가 나를 놀리시면서 부르던 "우리 못난이"도 이제는 아무리 들어도 상관없다. 못난이라 불릴 때마다 응석 부리던 시절은 어디쯤 갔는지 사라지고, 거울을 볼 때마다 모란꽃만큼 큰 내 얼굴이 조금만 작아지기를 열망하던 시기도 지나갔다.

　무엇인가를 채우기 위해 마음 뺏기고 시간을 버렸던 지난 시절. 그 세월 속으로 다시는 가기 싫다. 작가 박경리는 "모진 세월 가고 늙으니 이렇게 편한 것을 버리고 갈 것만 남아서 참 홀가분하다"고 했다. 나도 넋 넣고 앉아있어도 시름없는 지금이 좋다. 이제는 늙었다는 것을 무기로 얼굴이 두꺼워져서 무엇이든 도전할 수 있는 담력이 생겼고, 해보고 싶은 건 다 해볼 수 있어서 좋다.

이만하면 되는 것을 왜 그리도 발버둥쳤는지. 내 곁에 행복이 있는 줄 모르고 많은 시간을 허비했다.

지금 이 순간이 가장 행복하다. 누구의 엄마 누구의 아내로 산 지난날보다 내 이름 석 자로 사는 지금이 더 즐겁고 행복하다. 앞으로 몇 번의 카네이션을 더 받을지 모르지만, 나는 내 얼굴에 책임을 지기 위해서라도 웃으면서 모든 이에게 다정하게 대하고, 정답게 베풀면서 살고 싶다.

4부

그대를 사랑합니다

도서관 언니들

바람 불지 않는 삶이 어디 있으랴. 거센 풍랑을 헤쳐 나온 사람도 잔잔한 훈풍을 맞으며 살아온 사람도 누구나 긴 바람 속을 지나왔을 것이다.

앙드레 지드는 이렇게 말했다.

"늙기는 쉽지만 아름답게 늙기는 어렵다."

누구나 나이 들면 늙는다. 그러나 늙더라도 품위 있게 늙을 수 있는 비결은 없을까?

내 생각에, 그 비결 중 하나는 도서관이다. 나는 밤낮없이 도서관을 들락거린다. 도서관에 책만 읽으러 가는 게 아니다.

2016년에는 도서관에서 개설한 '시니어 자서전 쓰기'에 합류했다. 그해 무더위는 몇십 년 만에 오는 더위라고 했는데, 그 여름 8월부터 10주간하는 프로그램이었다. 일주일에 한 번 두 시간씩 시도 쓰고 수필도 쓰고 일기도 쓰며 그림도 그리는, 다양한 체험을 하는 프로그램이었다.

수업시간에는 매번 쓰거나 그린 것을 서로 발표했다. 자서전이란 자기 과거를 거침없이 드러내는 것이고 또 진실해야 하는 것이라 그런

217

지 우리는 다른 사람의 이야기에 공감하고 그 속에서 더 진한 친밀감을 느낄 수 있었다. 열 명이 넘는 인원이 한 식구처럼 만나면 반갑고 하다 보니 어느 순간 계절은 여름을 지나 10주가 훌쩍 지나갔다. 낙엽이 곱게 물든 가을에 도서관 갤러리에서 전시회도 했다. 작품은 각자 자기만의 개성을 뽐내고 있었으며, 중앙 일간지에서 취재까지 와서 우리 모두는 신문에 얼굴이 나오는 영광을 얻었다.

그걸로 끝이 아니었다. 도서관의 '책마중'이란 동아리 회원들이 자서전 수업에 많이 참가했었는데, 수업을 기회로 나도 합세하게 되었다. 나를 포함해 지금 책마중 모임은 여덟 명인데, 일주일에 한 번 도서관에 나와 꼬맹이들에게 책도 읽어주고 시, 수필도 쓰며 읽고 서로 합평도 한다.

여럿이 어울려 웃는 것만으로도 좋지만, 같이 행동할 수 있는 동행이 있다는 건 크나큰 행운이다. 한번은 2월에 이 동아리 모임 여덟 명이 겨울 밤바람을 맞으며 문산에 있는 팥죽집으로 갔다. 문산은 파주에서도 북쪽에 있어, 교하에서 가려면 버스를 타고 다시 전철로 갈아타고 해서 한 시간쯤 가야 한다. 바람이 차가워 목은 옷 속으로 움츠려

들면서도 누구 하나 싫다는 사람 없이 미끄러운 빙판길을 조심조심 갔다. 우리 일행 중 장형은 83세 고령인데도 손사래 한 번 없이 꼿꼿이 우리와 행동을 같이 해주었으니 우리는 감사할 따름이었다.

팥죽이 푸짐해, 막상 반 그릇도 못 먹고 남은 걸 한 그릇씩 싸들고 오는 발걸음은 춥고 어두운 밤공기를 따뜻하게 녹여주었다. 혼자는 엄두도 못 낼 일을 여럿이니 감행할 수 있었고 또 여럿이니 흥겨웠다. 팥죽이 무슨 특별한 맛이 있겠는가마는 추운 밤 젊음을 과시해본 덕분에 두고두고 이야기할 추억이 한 토막 더 생겼다.

늙음이란 열정이 사라져간다는 뜻이라는데, 우리는 그날 '나이 들었다' '위험하다'가 아닌 '열정'을 선택했다. 우리 모두는 아직도 젊음을 간직하고 있었던 것이다. 우리는 아름답게 늙기 위해 오늘도 내일도 도전해본다. 열정을 불사르고 있다는 감동을 맞이하기 위해서.

흰머리 소녀

"커피를 잘 섞으면 향이 나고 친구를 잘 만나면 힘이 난다."

저녁 늦도록 책을 보고 늦잠을 자고 일어나 커피와 식빵으로 아침을 먹고 여기저기 도서관이나 박물관 등 혼자 돌아다니기를 좋아하는 그녀가 있다. 그녀는 어디 한적한 그늘에 앉아 하늘을 쳐다보며 뭉게구름을 보고 미소 짓고 들판을 보고 꿈을 꾸는 사색에 잠긴다.

그리고 어느 순간 자리를 툭툭 털고 일어나서 조용한 카페를 찾아 카페라테 한 잔을 주문한다. 거품을 휘저어 한 모금 마시고 입술을 닦고 커피 향을 음미한다. 그리고는 떠돌이처럼 느닷없이 이 골목 저 골목을 서성인다. 꽃을 보면 꽃과 말하고 나무를 보면 나무와 말하며 하루를 혼자서 즐기기 좋아하는 일흔다섯 살 흰머리 소녀.

목적 없이 떠나는 그녀에게 생소한 곳에 가면 불안하지 않느냐고 물었더니, 새로움을 찾아나서는 것처럼 설레고 즐거운 일이 어디 있겠냐고 한다. 그녀는 도서관 자서전 프로그램에서 처음 만났다. 자기 소개를 할 때 자신을 '바람'이라고 했다.

하루는 그녀를 따라 무작정 버스를 탔다. 물론 목적지도 없다. 몇 정거장을 가다가 조그만 팻말에 '꽃마을 입구'라고 적혀 있는 걸 보고

내렸다. 우리는 걸었다. 길가에 패랭이꽃이며 양귀비꽃이 흐드러지게
핀 꽃길을 지나니 노란 금계국과 하얀 망초꽃이 무리를 지어 피어있는
넓은 텃밭이 나왔다. 이럴 때 사진이 빠질 수 없다. 텃밭을 배경으로 한
컷 찍고 안쪽 길을 따라 들어서니 그야말로 집집마다 꽃들이 한가득
피어있었다. 어떤 집에는 내 키보다 더 큰 빨간 접시꽃이 무더기로 피
어있었다.

　　몇 년 전 꽃잔치를 하던 동네인데 구경꾼이 너무 많아 생활권 침해
에 시달리다 지금은 그런 행사는 하지 않고 있다고 했다. 호젓한 시골
집들 사이에 예쁜 꽃들이 펼쳐진 풍경은 바라보기만 해도 풍요를 느낄
수 있었다. 따라나서기를 잘했다.

　　보통 나이든 사람들은 정서가 메말라 있는데, 그녀는 감수성이 예
민한 친구고 자연을 즐기고 사랑할 줄 아는 소녀다. 나는 돌아다니는
것도 싫어하고 40대 이후엔 커피를 안 마셔서 커피 맛도 종류도 모른
다. 그런데 그녀와 같이 돌아다니면서 전에 몰랐던 자연도 느끼고 그
녀가 마시는 커피로 내가 마시듯 진한 커피향을 느낀다.

　　그녀는 흰머리를 염색도 하지 않고 덥수룩한 채 파주 할머니 티를
내고 다니지만, 남들과 다른 자유를 누리며 삶을 즐길 줄 안다. 좋은

친구를 만나면 생이 화려해 진다고 했는데 그녀와 같이 즐길 수 있어서 노후가 풍요롭다.

친구야,
꽃의 향기가 아무리 곱다한들 사람의 향기만 하겠는가. 그대가 있기에 꽃도 꽃으로 보이고 하늘도 하늘로 보인다. 그대의 향기에 비하면 꽃의 향기는 아무것도 아니다. 살아온 긴 세월 동안 가슴의 상처들이 곰삭아 깊고도 진한고도 은은한 향기가 서로의 가슴을 적셔주기를. 즐거움보다 포근하고 편한 마음으로 만날 수 있기를. 눈보라 치는 매서운 겨울날이나 뜨거운 태양의 불꽃 더위에도 투정하지 않고 서로가 양보하며 조금씩 나누어 갖고 껴안는 연리목처럼 같은 곳을 바라보며 갈 수 있기를 바라본다.

내일 또 다시 그녀를 따라 새로운 곳으로 여행을 떠나리라.

고구마를 보냅니다

고구마를 친구에게 보내려고 우체국 택배 방문예약을 했다.

우체국에서 집배원이 오셔서 택배상자를 보더니 묻는다.

"뭐가 들어있어요?"

"고구마예요."

"고구마 받는 사람이 힘들게 농사지은 걸 생각할까요?"

"글쎄요."

전원주택지 빈 땅에 올해로 4년째 농사를 짓고 있다. 독립하자마 자 심심하여 시간을 보낼 겸 청소년회관에서 스포츠 댄스를 배우면서 알게 된 고향이 비슷한 선배에게 물려받은 밭이다. 첫해는 고추, 상추, 토마토, 등 여러 가지를 심었는데, 고추는 농약을 안했더니 병이 와서 얼마 따 먹지 못했고 빨간 고추 몇 개 쓸 만한 게 있었는데 말리지도 못 했다. 상추도 막상 혼자 먹자니 감당하기 어려워 아는 밥집에 갖다주 고 말았다.

그래서 그 이듬해는 전부 고구마를 심었다. 심기 전에 온 밭에 퇴 비를 뿌리고 땅을 파 엎고 고랑을 만들었다. 처녀 적에 고구마순은 세 마디만 심었던 생각이 나 고구마 순을 사와 위아래 다 자르고 가운데 세 마디만 심었더니 시들해졌다. 물어보니 그렇게 하면 안 되고 요즘은 그냥 길게 심는다 하여 다시 사다 심었으나 별 수확이 없었다.

그래도 그것대로 나누어 먹었는데, 작년에는 제대로 했더니 제법 수확을 했다. 토실하고 야무지게 생긴 것들이 많이 달려서 여섯 집이나 나누어주고 나니, 손가락만큼만 자라거나 찍히고 못생긴 것만 내 차지가 되었어도 마음은 행복하고 기뻤다.

여기저기 택배 딱지를 붙여 보낼 때는 꼭 내 자식을 시집보내는 느낌이었다. 내 땀과 노력이 뭉쳐진 한 점의 살과 같은 것을 떠나보내는 허전함 속에서도 보람은 두 배나 되었다. 나에게 더 많은 것이 있어서 더 많은 이에게 나눌 수 있었으면 얼마나 좋을까.

올해는 다리도 허리도 아파서 못 심겠다고 텃밭을 포기하려고 했는데, 작년에 사둔 퇴비도 써야 될 것 같고 밑에 깔 비닐도 준다고 하여 또 고구마순을 심었다. 밭둑에 호박도 두 구덩이나 심었다. 고구마순을 심을 땐 저걸 언제 다 심나 싶어서 심란했지만, 눈은 게으르고 손은 부지런하여 앉아 쉬다 심다 해서 한나절 걸려 순 200개를 심었다. 고구마가 무럭무럭 자라 여럿에게 나눠줄 생각을 하니 힘이 절로 솟아났다.

올해는 봄비가 자주 와 물주는 수고만큼은 하지 않고 넘어갔다. 땅은 거짓말을 하지 않는다. 노력만큼 거둘 수 있는 것이 땅이다. 식물들은 주인의 발자국소리를 듣고 자란다 했으니 생물은 다 감정이 있는 것 아닐까. 누구든 무엇이든 사랑받기를 소원하고 있는지 모른다는 생각이 든다. 얼마큼 관심을 가지고 때맞추어 거름 주고 물도 주고 돌보느냐에 성패가 달려있는 듯하다. 사람도 마찬가지다. 정성을 들인 만큼 쑥쑥 자라고 방관한 만큼 기본을 모르는 잡초 같은 인간이 될 수도 있다.

비가 온 뒤 밭에 나가봤더니 고구마순이 다 살아나 빳빳이 고개를 쳐들고 있었다. 밭둑엔 작년 가을에 꽃이 피고 씨앗이 떨어진 갓이 제법 자랐고 부추도 자랐길래 잘라와 김치를 담갔다. 돌갓 특유의 톡 쏘는 맛이 상큼하게 입맛을 돋우었다.

이 김치가 조금만 많았더라면 여럿이 나누어 먹었으면 좋았을 텐데 몇 젓가락 되지 않아 나누어 줄 수 없는게 속상했다.

알뜰과 궁상

여름 과일 수박. 난 과일 중 수박을 가장 좋아한다. 그런데 혼자 살다 보니 수박을 사기가 어려워 여름 내내 먹어보지 못했다. 마트에 갈 때마다 수박이 사고 싶어 넘겨보다 가격과 크기에 압도되어 그냥 발길을 돌리고 만다. 잘라놓은 수박도 있긴 하지만 어쩐지 맛이 없을 것 같고 선뜻 손이 가지 않아 눈요기만 하고 만다. 어느 날 재래시장에 갔더니 3000원짜리 수박이 있어 살까 말까 망설이다가 먼 거리를 생각하고 돌아섰는데, 오래도록 그 수박이 눈에 밟혔다.

아이들 키울 때는 아이들 입에 넣는 게 보기 좋아서 아이들에게 양보하고 못 먹었지만 이제는 돌아볼 것도 없이 내가 먹고 싶은 것 먹고 하고 싶은 것 하고 살 만하지만, 수박 앞에서는 망설여진다. 혹시라도 오래 살아 돈이 없으면 아이들에게 폐가 될까 봐 움켜쥐고 있는지도 모른다.

이따금 내가 돈을 쓸 때면 친구는 이렇게 말한다.

"지금은 100세 시대야. 오래 살려면 돈 아껴 써야 돼."

그래서 돈 앞에서 더 주눅이 드는지도 모른다. 이제 이만큼 살았으니 남만큼 풍족하게는 아니더라도 불편하게는 살지 말아야 하는데 그게 마음처럼 잘 되지 않아 알뜰을 떨쳐버리지 못하고 있다.

얼마 전 딸이 여행을 간다고 손자를 봐달라 해서 딸집에 가서 저녁을 차리는데 간단한 불만 켜놓고 상을 차리는 걸 본 초등학교 4학년 손자가 "할머니 왜 그렇게 어둡게 하고 밥을 차리세요" 하면서 거실이며 부엌이며 있는 불을 다 켜서 대낮처럼 밝혀주었다. 밝으니까 내 마음도 밝아지는 것 같았다.

나는 알뜰을 가장한 궁상을 떨고 있었음을 실감했다. 전쟁과 어려운 시절을 겪은 우리가 조금이라도 알뜰해 보려고 하는 것이 요즘 사람한테는 궁상으로 보일 수도 있을 것이다. 그런 생각이 들면 모든 것이 풍족한 시대에 과거를 벗어나지 못하는 내 자신에 염증이 들기도 한다. 그런데 막상 풍족하게 살려고 마음먹어도 이건 낭비야 라는 생각이 들면, 생활이 조금 불편한 게 마음이 더 편할 때가 있다.

내가 아무리 알뜰을 가장한 궁상을 떨어도 손자들 용돈만큼은 풍족하게 주고 싶다. 그리고 누구에게든 맛있는 음식을 해먹이는 게 내 소망이다. 다른 사람에게 맛있는 걸 먹이고 싶어 아끼고 못 먹을 때도 있다.

며칠 전 아들이 휴대전화를 최신으로 교체해주었다. 다양한 기능을 가지고 있는 스마트폰이 부담스러워 "왜 늙은이에게 이런 비싼 것을 해줬어" 하고 바꿔 달랬더니 그냥 쓰라고 한다. 70퍼센트도 활용 못하는 노인에게 너무 호사스런 물건인 것 같아 마음 한쪽이 안타까웠으나 그래도 자기네와 동급으로 생각해 준 게 고마웠다. 이제는 나도 조금은 쿨하게, 돈 많은 할머니처럼 살아보리라.

　내 버킷리스트 3호는 공주처럼 살아보는 것이다. 앞으로 얼마나 살지 모르지만 모든 궁상 다 털어버리고 조금은 남 보기 밉상이더라도 화사하게 공주처럼 살아보리라. 궁상스런 할머니보다는 공주가 더 남 보기에도 좋을 테니까.

　요즘은 삼시세끼 대충 요기만 하고 마는데도 움직이는 게 그전보다 못해서인지 체중이 늘어간다. 운동은 알뜰하지 말고 과해야 하는데 운동마저도 알뜰하려고 하니 이것은 어떻게 해야만 할까. 혼자 걷자니 심심해서 핸드폰에 들어있는 가요를 틀어놓고 한 시간 동안 몸을 흔들고 땀을 내며 댄스를 했더니 기분이 좋다. 이렇게라도 하루도 거르지 말고 뛰어보자. 살과의 전쟁에서 이겨 이왕이면 날씬한 공주가 되어보자.

고물들

땀이 몸에 흐른다.

누워 있다 참지 못하고 선풍기를 발로 눌러 켰다.

선풍기가 자존심이 상했을까.

아닐 거야 나와는 오랜 친구니까.

선풍기도 전자레인지도 김치냉장고도

이십년 전 며느리가 쓰던 걸 내가 가져왔다.

내 집엔 값나가고 쓸 만한 물건은 없다.

쓰다 싫증 나 버리자니 아깝고

두자니 짐 되는 구닥다리 물건들뿐이다.

그래도 모두 작동은 된다.

새 마음으로 세간을 나왔으면 새로운 물건으로 채워야 하는 것 아닌가.

마음만 새로웠지 인생 자체가 고물인데

새 것이 무엇이 필요하겠는가

옆동 자매님이 이사 가면서 버릴 물건 중에

쓸 수 있는 것이 많다고 가져갈 사람을 찾기에

매번 달라고 해놓고 늙은 할매가 조금 창피했다.

우리 딸하는 말

엄마는 왜 아직 쓰고 있는 것도 충분한데 자꾸 남이 쓰던 걸 가져와

고장 나면 사줄 테니 절대 그러지 말아요

가만히 생각해보니 내 마음속에 거지근성이 있다.

자존심도 없이 남의 물건이 탐을 낼까.

아마도 살아있음의 증거일 수 있다고

나를 위안해 본다.

오늘이 가기 전에

얼마 전 친구들과 영화 〈스틸 앨리스〉를 봤다. 고 리처드 글랫저 감독의 영화다.

줄리안 무어가 연기한 주인공 앨리스는 세 아이의 엄마며 사랑스런 아내고 존경받는 언어학 교수로서 행복한 삶을 살고 있는 오십대 여인이다. 그녀는 학회에서 발표를 하다가 아주 쉬운 낱말이 생각나지 않아 병원에 가서 검사를 하다가 자신이 유전성 희귀 알츠하이머라는 걸 알게 되었다. 앨리스는 행복한 가정도 열성으로 가르치던 학교도, 명성도 다 한순간에 잃어버릴 수 있다는 사실에 두려워한다. 무엇보다 자식들이 병을 물려받는다는 점에 가슴 아파한다.

초등학교부터 동창인 친구가 알츠하이머로 고생하고 있다. 얼마 전까지만 해도 모임에 아들이 따라오고 하더니 이즈막에는 얼굴을 볼 수 없다. 작은오빠도 알츠하이머로 고생하다 몇년 전 돌아가셨다.

치매, 가장 무서운 병이다. 살아있다고도 죽었다고도 할 수 없는 이 무서운 병으로 많은 사람들이 시달리고 있다. 자기를 잃어버리고 산다는 것은 너무 슬픈 일이다. 진정 사람은 어디에서 와서 어디로 가는 것일까? 사후 세계는 있을까? 생각들이 줄을 잇는다.

평생 죽음을 연구한 엘리자베스 퀴블러 로스가 죽음에 관한 연구 끝에 내린 결론은 '살아라'였다고 한다. 죽음 연구는 삶에 대한 연구였고 삶의 중요성을 깨닫는 과정이라는 것, 자신의 존재를 통해서 더 나은 세상이 되도록 노력하는 게 삶이라는 것이다. 결국 죽음으로 가는 길은 사는 동안 가장 소중한 것을 내려놓는 과정이고, 그건 나눔과 섬김이 아닐까.

하지만 내려놓아야 한다는 걸 알면서도 살아있는 순간까지 욕망을 버리지 못하고 쓸데없는 것을 비교하고 욕심 부리는 것이 보통사람들의 일상이다. 각자 운명 앞에서는 저항도 반항도 할 수 없고, 한치 앞을 볼 수 없는 게 인간인지도 모른다.

인간으로 가장 의미있는 삶은 무엇일까.

공부, 돈벌이, 여행, 친구, 그리고 죽도록 사랑해보는 것도 좋을 듯하다.

황지우 시인은 〈뼈 아픈 후회〉라는 시에서 아무도 사랑해 본 적이 없는 것이 가장 후회라고 했다. 사랑해보지 못한 것도 사랑받지 못한 것도 마음에 애틋함이 없어 추억이 없을 것이다. 누구를 사랑한다는 것은 상대를 기쁘게도 하지만 자기 자신도 벅찬 환희 속에서 생이 즐겁다.

모두들 사랑하면 이성간의 사랑만 떠올리는데, 이성이 아니라도 사랑할 사람은 많다.

사랑한다고 말해보자.

"당신을 사랑합니다." "그대를 사랑합니다." "모두를 사랑합니다."

'사랑'이란 말을 하다 보면 어느새 내 입가엔 웃음이 보인다. 쑥스러워서 아님 빈말이라서……. 그러나 "사랑해"를 남발하다 보면 어느 순간 내가 나를 사랑하게 된다. 살다 보면 삶이 무너져내릴 때도 있지만 자기자신을 사랑하다 보면 어떤 고난도 이겨나갈 수 있을 것이라 본다.

착각이라도 좋다. 넋두리라도 좋다. 남도 자신도 사랑하자. 오늘이 가기 전에 꼭 누군가에게 사랑한다고 말해보자.

요즘은 누구에게든지 양팔을 올려 하트를 만들어 "사랑해"를 보여준다. 또는 엄지와 검지로 하트를 만들어 보여주기도 하는 "사랑해" 문화가 우리 주변을 밝혀주고 있다. 참 다행이다.

그대를 사랑합니다.

어려운 삶속에서도 항상 감사하고 지금이 최고라고 생각하고 살아왔다. 내 마지막 삶에서 내 주위 모두를 잃어버리는 일만큼은 피하고 싶다. 모든병의 원인은 스트레스라고 하니 다 내려놓고 나를 사랑하자. 나를 사랑할 때 모든 걸 이겨낼 수 있다. 무서운 병 알츠하이머를 이길 수 있는 방법도 사랑이다.

알츠하이머 나에게는 오지마라.
난 너를 반기고 싶지 않다.

오빠 생각

일본 사는 작은 오빠가 돌아가셨다는 부음이 왔다.
어릴 적 울타리 밑에서 쪼그리고 앉아 꽃잎 따주던 오빠
군 제대하고 용돈이 궁해 쩔쩔 매던 오빠에게
엄마 몰래 쌀을 퍼서 팔아 오빠 손에 쥐여주면
씩 웃고 받던 울 오빠.

내 혈육으론 마지막 이제는 모두 떠나갔다.

파킨슨병과 치매로 요양병원에 계신다고 했는데

먼 타국이라 가볼 생각도 못했다.

세월이 가니 너도 나도 갈 길은 한 곳뿐이구나

전화통화라도 해보면 좋으련만 올케가 일본사람이라

말이 통하지 않아 남보다 못한 혈육이었다.

동생들은 문상을 갔다왔다고 했으나

나는 엄두도 못 냈다.

다만 마음속으로 명복을 빌어줄밖에

손톱 밑에 봉숭아 다 질 때까지 조금만 더 이승에 머무르지

아니 그래도 잘 가셨소

부디 편안히 잠드소서.

귀신도 휴대폰을 쓰나

"왜 오지도 않고 핸드폰도 안 받아."

"핸드폰, 지금 탁자 위에 있는데. 울리지도 않던데."

남편의 목소리에 깜짝 놀라 잠에서 깨어났다. 한밤중에 꾼 꿈이었다. 아주 생생한 현실 같은 꿈을.

추석에 벌초하러 가야 하는데 아들이 바쁘다 하여 조카에게 벌초를 시키고 어영부영 추석도 넘기고 말았다. 그리고 가을바람이 불어올 때쯤 꿈을 꾸고 나니 마음이 급해져서 아들에게 말했다. 한번 내려갔다 와야겠다고 했더니 차를 신청해놨으니 새 차가 나오면 가자고 하여 12월 초로 날을 잡았다. 아들, 며느리, 손자, 손녀를 데리고 일찍 집을 나섰다.

초겨울이라 하지만 별로 춥지도 않고 화창한 날씨였는데 대전을 지날 무렵 눈발이 내리기 시작하더니 점점 갈수록 눈은 앞이 안 보일 만큼 무섭게 몰아쳤다. 이걸 어떡하나. 마음은 초조하고 막막했다. 우리 다섯 식구 이러다 길에서 어떻게 되는 것 아닌가 싶어 눈앞이 캄캄하고 무서운 생각이 들었다.

겨우 정읍 휴게소에서 눈이 그치기를 기다렸으나 그리 쉽사리 그칠 것 같지 않아 광주에서 일박을 하기로 떠났다. 그런데 이건 무슨 일인지 광주에는 눈도 안 왔고 날씨마저 화창했다. 우린 일박을 하려다 말고 안심하고 길을 떠났다. 광주에서 예당까지는 두 시간이면 갈 수 있는 거리다. 그런데 화순쯤 오니 눈이 쌓여 도저히 앞으로 나갈 수가 없었다.

그곳에서 일박을 하려고 찾아가는 길은 너무 위험했다. 쌓인 눈 위에 개미 발자국도 없이 수렁 같은 길을 차는 엉금엉금 기다시피 하였다. 차 안엔 고요가 깃들고 피가 마르는 순간이었다. 평생 살아가면서 그런 눈길은 처음이었다. 어떻게 어렵사리 숙소를 찾아 차에서 내리는데, 며느리는 발에다 힘을 줘서 쥐가 나 일어나지도 못하고 아들 역시 이마에 진땀이 소복이 앉아있었다.

뒤에 앉은 나도 가슴을 조이며 우리 가족 모두 무사히 이 길을 빠져나갈 수 있게 해달라고 온 정성을 다해 기도했다. 어쩌다 내가 말을 꺼냈던고 후회와 회한으로 가슴을 쓸어내렸다. 아들이 한마디 했다. 새 차 아니었으면 굴러도 몇 번 굴렀을 거라고. 그렇게 가슴 졸였지만 사고 없이 따뜻한 방에서 하룻밤을 잘 수 있음에 감사했다.

이른 아침에 밖에 나와서 보니 화창한 아침햇살이 우리 가족을 반겼다. 어제저녁 그렇게 떨며 왔던 길은 어느새 차가 다닐 수 있었고, 객지의 아침이 기분 좋게 했다.

그래도 한 가지 걱정이 남아있었다. 산소에 눈이 많이 쌓였으면 어떡하나 하는 것. 쓸데없는 걱정이었다. 양지 바른 산소에는 눈도 없었고 햇살이 밝게 내려쬐 포근한 엄마 품 같았다.

괜히 마음이 비틀어져 화가 났다. 무섭던 날씨에 화가 난 게 아니고 살면서 까탈스럽던 남편에게 화가 났다. 이건 무슨 의미일까. 제때에 나를 보러 오지 않으면 곤욕 치르게 될 거라는 경고일까. 아니면 올 때를 놓치면 오지 마라는 의미일까.

그후로는 아들에게 산소에 가잔 말은 한 번도 해본 적이 없다. 오고가는 거리가 12시간이나 걸리니 섣불리 나서지도 못한다. 이래저래 요즘은 산소 가는 일이 뜸해지고 있다.

망초꽃

그대 찾아가는 길섶에
망초꽃이 흐드러지게 피었네
누구 하나 거들떠보지 않는
지천에 널린 흰 망초꽃.
은은한 향이 가슴 에이네.

우리가 만난 순간 인연이 되며
긴 세월도 아닌 것을 길게 느끼며
우웅다웅 토닥였으니
지금은 가버린 당신이 그리워
뜨거운 태양 아래 그냥 서있네.

내가 장만한 마지막 농지기

여름에 입는 인조 옷을 사기 위해 한복집을 기웃거리다 '수의 만들어 팝니다'란 팻말을 보고 망설임 없이 문을 밀고 들어갔다.

수의. 내가 이승에서 마지막 입고 새로운 세계로 떠날 수 있는 농지기를 마련해 볼까 해서다. 같이 간 친구와 의견이 일치했다. 아들 가족과 같이 살던 남양주에서 인연이 된 친구다. IMF 때 대구에서 공장을 접고 몇 번의 이사를 거쳐 남양주까지 왔다고 했다. 어려울 때 시어머니와 남편을 저 세상으로 보내면서 준비가 없어 많이 힘들었다고 자기는 기필코 마지막길 준비를 손수 하겠겠다고 마음먹었는데 잘됐다고 좋아했다.

우리는 샘플을 확인하고 싸고 질 좋은 100퍼센트 자연인조견으로 결정했다. 어차피 화장할 건데 비싼 것이 무슨 소용있겠는가. 실용적으로 판단했다. 쇠뿔도 단김에 빼라고, 생각났을 때 해버리는 게 마음 홀가분할 것 같아 그 자리에서 한 벌씩 맞추었다.

사람이 오늘 건강하다 해서 내일도 건강하란 법이 없다. 눈 깜짝할 사이에 홀연히 떠나는 게 인생인데 무엇을 더 미루겠는가. 생각날 때, 또 내가 할 수 있을 때 준비하고 싶었다.

삶이 고달플 때는 죽는 것도 겁나지 않았다. 그런데 혼자 살다 보니 이승을 떠날 때 아무도 전송해주지 않는 나 혼자의 공간에서 소리 없이 가게 될까 봐 두렵고 겁이 난다. 화려하게 못 갈망정 그리운 사람들 손을 잡고 잘 가세요, 잘 있거라 인사 한마디는 하고 떠나는 게 덜 서운할 것 같은데 느닷없이 홀연히 가버릴까 봐. 물론, 그렇게 가는 게 다른 사람에게 피해주지 않는 죽음이겠지만 그래도 마지막이 쓸쓸한 건 싫을 것 같다.

운 좋게 초상화 그리는 사람을 만나 예쁜 한복을 입혀주고 곱게 그린 영정사진도 마련했다. 이제 내가 할 수 있는 다른 세계로 갈 여행준비는 끝이다. 아들이 상조회 가입했는데 괜히 신경 안 써도 되는 일을 했다고 했지만, 내 손으로 미리 마련하고 싶었다.

장롱위에 놓여있는 농지기.

신부님이 말씀 중에 불교 경전에 있는 이야기를 들려주셨다.

어느 남편이 부인 넷을 거느리고 살았습니다. 그는 첫째 부인을 아주 사랑해 늘 곁에 두었으며, 다른 사람과 경쟁하여 얻은 둘째 부인을 극진히 대했고, 셋째 부인과는 어울려 다니며 즐겁게 지냈습니다. 하지만 넷째 부인에게는 별 사랑을 주지 않았습니다.

하루는 남편이 아주 먼 길을 떠나면서 첫째 부인에게 물었다.

"내가 먼 길을 가는데 부인이 같이 가줄 수 있겠소?"

"저는 못갑니다. 부인이 말했다."

둘째 부인에게 물었다.

"형님도 안 가는데 왜 제가 가야 합니까? 저도 못갑니다."

셋째 부인에게 물었다.

"두 형님들도 안 가는데 저도 못갑니다."

마지막 넷째 부인에게 말했다.

"부인, 내가 아주 먼 길을 가야 하는데 날 따라 갈 수 있겠소?"

넷째 부인이 말했다.

"당신이 가는 길이라면 지옥불에도 같이 가겠습니다."

첫째 부인은 육신이요, 둘째 부인은 재물이며, 셋째 부인은 사랑하는 가족 친구고, 넷째 부인은 마음입니다. 저 세상으로 갈 때 무엇

하나 가져갈 수 없으며, 오직 마음만이 저승길까지 함께한다고 합니다.

나는 이승에서 가져 갈 수 있는 것은 마음과 농지기 한 벌밖에 없다. 또래들에게 말하고 싶다.

"천금을 가지고 있어도 아무 소용없는 탐욕입니다. 나이 들면 욕심일랑 다 버리고 있는 거 다 쓰고 갑시다. 노인네가 쓰는 돈은 낭비가 아니랍니다. 마지막 자기를 채우는 겁니다."

우리들의 만찬

　누군가와 눈을 마주보고 이야기 나누며 밥을 먹고 싶을 때는 우리 집으로 친구들을 부른다.

　반찬이 별거 없어도 흉보지 않고 맛없는 반찬이라도 타박하지 않고 즐겁게 웃으며 먹어줄 수 있는 친구. 부르면 흔쾌히 와주는 친구들이 있어 내 삶은 흥겹고 재미가 난다. 요즘은 모두 다 자신의 삶을 감추려 들지만 내 집은 소박하여 감출 것이 아무것도 없다.

　상을 차리려면 번거롭고 고단한 일이지만 친구들이 먹는 걸 보면 피로는 어느새 사라지고 만다. 특별한 반찬을 하는 것도 아니다. 어떨 때는 소고기에 자작하니 육수를 붓고 버섯, 양파, 당근, 대파, 당면을 넣고 불고기를 만들고, 또 어떤 날은 돼지고기 앞다릿살을 썰어 매콤달콤한 제육볶음을 만든다. 고기를 싫어하는 친구가 올 때는 꾸덕꾸덕 말린 생선에 녹말가루를 뿌리고 튀겨서 양념장에 졸여 상에 놓을 때도 있다. 샐러드는 기본이다. 양상추를 씻어 브로콜리와 파프리카를 색색으로 썰어놓고 얼려놓은 블루베리를 뿌린다. 집에서 만든 요거트에 유자청을 섞어 만든 소스를 얹으면 끝. 꽈리고추도 밀가루를 묻혀 쪄내 갖은 양념에 무치고, 여기에 나물 한두 가지와 마른반찬 한두 가지가 있으면 근사한 밥상이 된다.

어느 때는 된장국 하나라도 맛있게 끓여졌다 생각하면 가까이 사는 이를 불러 뜨거운 밥과 같이 내놓는데, 맛있게 잘 먹어줘서 즐겁다.

유안진의 〈지란지교를 꿈꾸며〉에 나오는 것처럼 옷을 갈아입지 않아도 김치냄새가 나더라도 흉보지 않을 친구를 부르고 싶다. 때로는 변덕과 신경질을 부려도 잘 웃고 넘길 수 있고 남의 흉을 조금 보더라도 말이 나지 않는 그런 흉허물 없는 친구. 가을바람이 서늘하게 불면 누런 들판을 헤집고 다니다 집에 함께 와서 발 뻗고 쉬고 싶을 때, 너도 나도 앞치마 두르고 냉장고 뒤져 볶음밥이라도 만들어 다 같이 먹을 수 있는 친구.

그런데 여름 더위로 부엌일을 손에서 놓았더니 요즘은 날로 일하기가 싫어진다. 하지만 가을바람 불면 또다시 친구들을 부르리라. 콩나물, 무나물, 취나물, 고사리나물을 만들어 큰양푼에 뜨거운 밥과 고추장을 듬뿍 넣고 참기름을 치고 쓱쓱 비벼 볼이 터지도록 입에 넣고 먹으며 서로 웃으며 먹어보리라.

냉동실에 넣어둔 바지락으로 수제비도 만들어야겠다. 밀가루에 소금물과 식용유, 달걀흰자를 넣고 반죽해 냉장고에서 숙성시킨 다음,

보글보글 끓는 육수에 떠서 넣으면 쫄깃하면서도 입에 착착 붙는 맛이 일품일 것이다. 어서어서 우리들의 만찬을 준비해야겠다.

　밖에는 태풍이 지나간다고 어제부터 종일 비가 내리더니 조금 전에 그쳤다. 아마도 이 비가 오고 나면 공기가 점점 차가워질 것이다. 그래도 상관없다. 우리들은 가슴이 뜨거운 친구들이기 때문이다. 나이가 더 들어 허리 펴기도 힘들어 구부정한 자세로 싱크대 앞을 배회해도 우리들의 풋풋했던 기상만은 잊지 않으려 노력해야지.

엄마에게

"엄마, 나 누군지 알 수 있겠어?"

"사랑하는 딸 막내 명자."

이따금 엄마와 이런 대화라도 해보고 싶다.

얼굴은 생각나지 않아 모르니 보고 싶단 말은 얼른 나오지 않지만, 어디서나 엄마 이야기만 나오면 마음 한 구석이 찡해진다. 세상에서 가장 아름다운 말이 '엄마'라는데, 나에게도 친엄마가 있었다면 하는 생각은 늘, 항시, 언제나 하고 있다.

엄마와의 추억이 없으니 내 마음은 항시 움츠려들고 굶주린 듯 했어요.

만약 엄마가 내 곁에 오래 있었다면 내 인생은 어떻게 되었을까요.

엄마의 따뜻한 정을, 향기를, 맡을 수 있었다면

내 성격은 어떻게 변했을까요.

언제나 나를 드러내 보이지 못하고 내 소신을 맘껏 펼쳐보지 못하고

구석진 곳에 웅크리고 앉아 눈물 찔끔 거리며 엄마를 원망 했었는데,

엄마는 그 소리를 들을 수 있었나요?

엄마가 내 곁에 없어서 내 생은 온통 그늘이 돼버렸어요.

엄마.

그러고 보니 나도 딸이 있네.

내 딸이 그랬어.

엄마는 엄마의 사랑을 못 받아서 사랑의 표현을 할 줄 모른다고.

그럴지도 모르지. 별로 칭찬을 받아보지 못했으니까.

아버지는 가끔 나를 보면 안쓰러운 표정을 지었지만 그렇다고 칭찬한

일은 없었으니까요.

그래서 생각해보니 정말 나도 내 딸들한테

"역시 내 딸이 최고야."

"너니까 할 수 있었어."

이런 용기를 주는 말을 해본 기억이 없네.

못한 것만 지적했던 나를 반성하고 있어요.

그건 다 엄마 때문이야.

엄마가 없어서 못 들어봤기 때문에 나도 못했어.

그렇다면 엄마의 사랑은 어떤 것일까?

내가 내 딸들한테 베푼 사랑은 진정한 사랑이 아닐까?

먹을 것 입을 것 궁색하지 않게 키웠다고 생각했는데 딸들한테는

그게 다가 아니었나봐. 내가 틀렸을까.

아니지. 사랑하는 방법이 달랐을 뿐일 거야.

엄마.

엄마는 어떻게 생각해. 엄마는 하늘나라에서 날 지켜보고 있었지.

나 잘하고 있었지? 엄마가 있어 사랑을 듬뿍 받고 자란 엄마는

어떤 식으로 아이들을 사랑했을까?

그거 별거 없다고 엄마가 나에게 귓속말을 해주네.

그렇지. 별거 없지. 하하.

엄마, 그런데 난 엄마가 없어서 정말 서러웠어.

항상 내 가슴에 새까만 돌이 박힌 것처럼 겉으론 웃고 있어도

속에선 피눈물이 쏟아졌어. 그것은 어린 시절부터 호호백발할머니가

된 지금까지 죽 가슴 절절한 그리움이었어.

아이를 낳아 산후조리할 때도 엄마가 미웠어. 엄마 원망도 많이 했어.

누구 하나 챙겨주는 사람 없어 혼자서 미역국 끓이고 밥을 하면서

얼마나 울었는지 알아? 퉁퉁 부풀어오른 앞가슴을 부둥켜안고

내 눈물은 강을 만들 정도였어. 지금 생각하니 다 지나간 이야기네.

엄마.

이렇게 불러보니 정말 엄마와 마주보며 대화하는 것 같아.

푸근하고 정답네.

엄마.

지금 내 곁에 계신다면 엄마 손잡고 맛있는 음식도 먹어보고

좋은 옷도 사러 다녀보면 얼마나 좋을까. 남이 가진 거 나에게 없으면

부럽다지만 그건 부러운 게 아니고 절규였어.

힘들 때 엄마 생각이 간절할 때면 내 모습은 누가 신다 버린

신발 한짝처럼 느껴져 이유 없이 슬픔이 쏟아질 때도 있었어.

이제 나도 늙었는데, 지금까지 살아온 게 잘 살아왔는지 모르겠네.

엄마에게 물어본다면 엄마는 무어라 말할까.

"아가야, 그만하면 잘 참고 잘 이겨냈다. 이제는 울지 말고 자책하지

말고 웃으며 살아라"라고 말해 줄 거지.

내 엄마니까.

딸들에게

사랑하는 딸들아 엄마다.

칭찬 한마디 할 줄 모르는 엄마지만 난 너희들을 사랑한단다.

너희들이 내 딸이어서 고맙고 자랑스럽다.

내 깐에는 사랑하는 딸들이니 최선을 다해서 바르게 키워보려고

야단만 쳤는데 너희 둘에게는 상처가 됐는지 몰랐다.

그래도 내 힘껏 너희들을 보살폈다고 생각한다.

너희들한테서 전화가 뜸해도 전화를 하지 않는다.

내 엄마한테도 온 정성 다하지 못했는데 나만 받는 건 아닌 것 같아서

나 혼자 그렇게 자책하고 만단다.

난 너희 둘을 키우면서 제발 나 같은 엄마는 되지 말고 할 말 있으면

똑 부러지게 하고 잘못한 것 있으면 분명히 사과할 줄 아는

정정당당한 여성이 되길 원했는데, 우리 딸들은 정확해서

더 이상 딸들 때문에 가슴 아릴 일이 없어서 한시름 놓았다.

요즘 자식들이 자주 전화해주는 엄마는 모두의 부러움의 대상인데

우리 딸들은 이따금 전화해서 그러지.

"김길동 여사님 어쩐 일로 오늘은 집에 계시나요"

내가 여기 저기 뛰어들어 씩씩하게 하루해를 보내는 게
홍길동 같은가 보네.

한동안 전화가 없으면 궁금해하다 섭섭해지고 또 가끔은 괘씸해지고
내 뼈를 깎아 키운 자식들인데 원망스러울 때도 있단다. 그러다가
너희들이 아직 늙어보지 못했으니 이 엄마의 의중을 헤아리겠나 싶어
체념하기도 한단다.
그래, 이 엄마처럼 힘들게 살지 않고 잘 살고 있어서 고맙다.

어쩌면 딸과 엄마는 부부보다 더 가까운 사이인지도 모른다.
부부는 갈라설 수도 있지만 딸과 엄마는 같은 성을 가진 사이니
죽지 않으면 영원히 이어지기 때문이지.
딸과 엄마의 사이 겉으로는 사랑하지 않아 보여도 속으로는 더 끈끈한
사랑으로 살고 있을 것이다.
가끔은 의견이 서로 다르고 이제는 엄마의 말을 잔소리로 생각하고
말을 들으려 하지 않기 때문에, 어쩌다 보면 격렬하게 싸울 때도
있지만 하룻밤 자고 나면 다 풀리는 것도 엄마와 딸 사이이다.

딸들아.

물론 너희들을 사랑하지만 아픈 상처도 너희들에게서 받는단다.

엄마 없이 할 수 있다고 아무리 엄마를 밀어내도 엄마는 묵묵히 그

자리에서 지켜보고 있을 거다.

아마도 나는 너희 둘을 죽도록 사랑할 거다. 딸이 아프면

엄마도 아프고 딸이 즐거우면 엄마도 마냥 신나는 사이이까.

딸들아.

지금 여기까지 와보니 엄마로서 부족함이 많았던 것 같다.

어쩌다 너희와 내가 인연이 되어 이만큼 왔는지 모르지만,

그래도 엄마로서 최선을 다 한 것만은 말할 수 있다.

조금 서툰 사랑이었다 하더라도 진정한 사랑이었다고 말하고 싶다.

내 딸들, 언제나 사랑한다.

보고 싶은 당신에게

보고 싶은 당신이 내 곁이 있으면 좋겠습니다.

시도 때도 없이 당신 흔적 찾을 때 불쑥 내 곁에 와 웃고 있었으면

좋겠습니다. 지금 생각해 보니 당신은 참 무정하기도 합니다.

당신이 가는 길이 꽃길이었다 할지라도 그렇게 먼 길을 혼자서

가버려서 내 마음은 슬프고 외롭습니다.

그래도 이따금 안부라도 물어볼 줄 알았는데 그것마저도

생략해버리다니요.

눈물이 나도록 보고 싶은 당신인데, 삶에 지쳐 돌아보니 당신은

내 가슴에 머물지 않고 어느 결에 흔적 없이 가버려

나는 빈 가슴만 남았습니다.

지금은 나도 황혼길에 접어드니 당신의 그림자를 찾고 있습니다.

가끔 당신이 보고 싶을 때면 먼먼 길이라도 찾아가볼 수 있으면

좋겠습니다.

봄꽃이 필 때면 봄내음 속에 묻어오고 여름 소나기 내릴 때면

물안개 속에 나타나 날 보고 웃어줬으면 좋겠습니다. 청명한 가을하늘

뭉게구름 속에 그대 있어 내 마음이 포근했으면 좋겠습니다.

추운 겨울 매서운 바람 사라지고 포근한 날 눈송이 속에

환한 얼굴 내밀고 뽀드득 뽀드득 정감어린 발자국 소리에

당신이 묻어왔으면 좋겠습니다.

비 오고 바람 부는 날 내 어깨에 떨어지는 빗물을

우산으로 받쳐주었으면 좋겠습니다.

새소리도 당신 음성으로 들리고 우리집 앞 버드나무도 묵묵히

나를 지키고 있는 당신 모습 같습니다.

이따금 내가 힘들어할 때 나를 토닥여주고 내가 슬프고 속상해할 때

날 꼭 껴안아주면 좋겠습니다.

그래도 낮이면 햇님이 당신인 것 같아 기쁘고

밤이면 달님이 당신이 되어 잠 못 이루는 밤 날 재워줘서 좋았습니다.

어딘가에서 날 지켜보고 있을 것 같은 당신.

내 소원을 다 들어주고 있는 당신.

그런 당신이 있어 우리 아이들도 다 가정을 이루고

남부럽지 않게 제 몫을 다하고 있습니다. 모두 다 당신 덕분입니다.

한동안은 모든 것이 다 내가 해낸 줄 알고 우쭐했는데

지금 생각해 보니 당신이 있어 해낸 듯합니다.

안개 속에 묻혀 흔적은 없지만 그러나 그건 없는 것이 아니고

다만 보이지 않았을 뿐이었습니다.

길에 나서면 그 많은 사람 중에 딱 한 사람

당신의 그림자를 찾을 수 있을까 두리번거려도 당신은 영원히 내 눈에

보이지 않았습니다.

그래도 나는 당신을 그리워합니다.

언제나 내 마음속에 다정한 사람으로 있어주길 소망합니다.

보고 싶은 당신이 내 곁에 있었으면 좋겠습니다.

언젠가는 당신을 만날 날을 기대해 봅니다.

명자에게

명자야!

지금 네 나이가 몇 살이나 됐니? 50대 아니면 60대?

글쎄. 지금 내 나이가 몇 살이나 됐을까. 생각하고 싶지 않은 내 나이.

그런데 얼마 전 생일케이크에 76라는 숫자가 꽂혀 있더라.

칠십이란 나이가 드물다 하여 '고희古稀'라고 했는데 그것도 중반을

넘어선 나이가……

내가 어느 날 걷기 운동을 하다가 젊은이와 함께 걷게 되었는데

어느 순간 그 젊은이가 내 시야를 벗어났을 때 나는 알았다.

내 걸음이 언제부터 이렇게 더뎌졌는지. 그리고 왜 자꾸 허리는

구부러지는지. 나는 나이 들지 않을 줄 알았는데 세월은

나를 가만두지 않아 나도 모르게 노인네 행색을 하고 있지 뭐냐.

나이 들면 욕심도 욕망도 다 사라질 줄 알았는데 그건 말뿐이었고

마음속 밑바닥엔 아직도 갖고 싶은 것도 많고 사랑도 해보고 싶구나.

꿈도 사랑도 나에겐 허구가 아닌 실전이란다.

명자야, 지금 뒤를 돌아보니 아무것도 남는 게 없고

변하지 않는 하루만 있구나. 이제는 누구를 미워하거나 시기하지 말고

마음을 비우면서 그동안 너그럽지 못한 나를 회개하고 용서받고 살자.

괴팍스런 옹졸한 노인네가 아닌 넉넉한 마음을 줄 수 있는

관대한 어르신으로 살자. 이제는 나이 들었다. 설치지 말고

알아도 모른 척, 조금은 뒷전에 물러 앉아있는 것도 좋지 않을까.

그리고 조금이라도 남은 게 있다면

모두에게 베풀 수 있는 아량을 보이자.

명자야!

이제는 조금씩 죽을 준비를 해야 하지 않을까. 죽음을 두려워하지

말자. 또 다른 세계로 여행을 떠난다고 생각하면 기쁠 것 같지 않니?

아무도 알지 못하는 사후세계지만 그 세계는 분명 화려한 세계일 거야.

개똥밭에 굴러도 이승이 좋다고 했는데 화려한 삶을 살지 못했으니

저승에서는 화려하게 살지 모르잖아.

명자야, 자식들에게도 할 말을 해야지.

아들아 딸들아, 우리는 부모와 자식이라는 실타래 속에 얽매여 서로의

마음을 할퀴고도 사랑이라는 허울 좋은 가면으로 무마하려 했던 것이

무지의 소치였음을 이제야 깨닫는구나. 이 못난 어미의 잘못을
용서해다오. 또 한 가지 내가 마지막 눈을 감을 때 그래도 그리운 사람
한두 명은 나의 마지막을 전송해줬으면 좋겠다.
내 제사는 지내지 말고 지금 내 생일 때 모두 모여 밥 한 끼 먹듯이,
내가 쓰고 남은 돈이 있다면 그 돈으로, 돈 있으면 아무 때나 가서 먹을
수 있는 고깃집 말고 내 돈 내고 먹기 아까운 특별한 집에 가서
왕자 공주 대접 받으며 먹기 바란다.
그리고 마지막으로, 나의 마지막은 하얀 국화보다는 정열의 붉은 장미
를 한아름 꽂아주기 바란다.
누가 뭐래도 나는 정열로 살았기에 후회는 없다.
아들아 딸들아 너희를 사랑한다. 고맙다.

명자야!
여지껏 살아온 긴 세월 동안 수고 많았고 이만큼 이룰 수 있었던
너의 끈기와 노고를 치하한다. 그동안 잘살아주어 고맙다.
내가 마지막 이승을 떠날 때는 지금처럼 남보기 좋을 때 떠나고 싶
구나.

나의 버킷리스트

첫 번째, 독립

언젠가는 나도 편안하게 혼자 살아보는 게 예전부터 큰 희망이었다. 아들 가족과 하루하루 별일 없이 살다보니 이 나이에 무슨 독립. 편안하게 안주하고 살다가 여럿이 전송해주는 마지막 인사를 받고 떠나자 싶어 미련을 버렸는데, 갑자기 마음이 바뀌어 독립을 했다. 대성공.

두 번째, 내 이름 석 자가 적힌 책 내기

언젠가 될지 모르지만 내 책이 서점의 어느 자리를 잡고 꽂혀있기를 염원했었는데, 꿈결처럼 우연한 기회에 이루어졌다. 눈물 날 정도로 행복하고 내 자신이 뿌듯하다. 살다 보니 이런 일도 생긴 걸 보면 그래도 젊은 시절 고행의 세월이었으나 내 과거가 헛되지 않았다고 나를 추켜세워 본다. 책 내는 것 성공.

세 번째, 공주로 살아보는 것

독립하고 나서 이제는 보살펴주는 모든 것 다 놓아버리고 보살

핌을 받는 공주로 살겠다고 별렀다. 그러나 공주 되는 게 쉽지 않았다. 그런데 뜻하지 않게 공주가 되었다. 외출해 돌아와보니 대문 앞에 찹쌀 한 가마니와 멥쌀 한 가마니가 버티고 있었다. 또 문고리에 걸려있는 가방에는 찰밥과 맛깔스러운 반찬이 고루고루 들어있었다.

"꼭 한 번 밥상을 차려드리려고 해서 만들어왔는데 안 계셔서 놓고 갑니다."

이런 밥상 선물을 누구나 받을 수 있는 건 아니기에 더 값지게 생각된다. 식당에 가서 사먹는 음식과는 비교할 수 없다. 꼭 이맘때면 보내주던 쌀도 올해는 안 오겠지 생각했는데 어김없이 와있었다. 이만하면 공주 대접 받는 거나 진배없으니 공주로 살아보기도 성공.

네 번째, 남자친구와 사귀는 것

마흔여섯에 혼자 되어 옆도 뒤도 돌아보지 않고 오직 한길만 걸었다. 어느 때부터인가 이성친구를 한번 만나보고 싶어졌다. 우연히 중학교 동창 중에 상처한 친구를 만나 가끔씩 점심식사도 하고 영화도 보고 카페에도 갈 수 있었다. 이성친구와 같이 팔짱 끼고 산책로를 걷고 싶었고, 창이 넓은 카페에서 마주보며 차도 마셔보고 싶었는데 다 이루어졌다. 나이가 있다 보니 이성이든 동성이든 별반 다른 게 없었으나 그래도 무언가 생동감이 있어 좋다. 메마른 가을들판에 꽃길이 펼쳐진 듯한 뿌듯함. 이것도 삶의 보람이다. 그와는 점점 멀어질 날이 있겠지만 추억이 있어 즐겁고 행복하다.

다섯 번째, 가족여행

고희가 되던 해, 우리 가족 열세 명 중 아들이 회사일로 빠지고 열두 명이 발리 여행을 했다. 그런데 못 온 아들한테 미안한 게 아니고 남편이 없고 아빠가 없는 며느리와 손자손녀에게 미안했다. 딸들 집의 즐거운 모습과는 다르게 무엇인가 그늘져있는 그들을 보는 게 가슴아팠다. 다음에는 한 사람도 빠짐없이 한 번 더 가족여행을 해보리라 생각했는데, 이 나이가 되니 여행이 좋지 않다. 몸이 말을 듣지 않기 때문이다. 그래도 시간만 모두 맞출 수 있다면 제주도라도 가볼 수 있을 것이다. 손주들의 학교 문제로 날 잡기가 쉽지 않아 실행이 될지 모르지만, 한번쯤 기대는 해보리라.

여섯 번째, 미술 개인전

단체전을 하고 보니 개인전도 한번 해볼 수 있지 않을까 하는 욕심이 생겼다. 지금은 백세시대. 10년 후 잘 그린 그림 몇 작품 내놓고 개인전을 열어보고 싶다. 중간에 저승사자가 오라고 하면 아직 개인전이 남아서 못 간다고 하고 노력해보고 싶다.

그림. 치매예방도 되고 소일거리도 되고, 그것보다 더 좋은 건 내가 그린 그림이 나에게 큰 힘이 된다. 최근에 새로 추가된 버킷리스트다.